JN183823

上橋菜穂子
荻原規子

# 三人寄れば、物語のことを

佐藤多佳子

青土社

# 三人寄れば、物語のことを

目次

# 三人寄れば、物語のことを

# I 「こちら」と「むこう」が出会うとき——物語の生まれる場所

# 三人の交叉点——上橋菜穂子

『天と地の守り人』の文庫化に際して、荻原規子さんと佐藤多佳子さんと、初めて鼎談をすることになったのですが、その予定が組まれていた日が何年何月何日だったか、いまも、すっと答えられます。なにしろ、その日は、二〇一一年三月十二日——東日本大震災の翌日だったのです。

あの大混乱の中、おふたりにメールが通じたときの安堵感を、いまも生々しく思い出せます。ああよかった、おふたりとも無事だった。そう思う一方で、私には、この地震による混乱は、数日では収まらない規模ではないかな、という予感がありました。

予感は当たり、計画停電や余震、福島の原発の状況の不透明さなど、様々なことが起きていったわけですが、それでも、あの震災からわずか三週間後に、おふたりは『天と地の守り人』文庫化のための鼎談に応じてくださったのでした。

つくづく、ありがたいなあ、と思いました。当代一流の作家ふたりと、思いっきり語り合えて、それを文章として残せるなんて、本当に幸せだなあ、と。

喫茶店やらレストランやらに集まって、ひたすらしゃべりっぱなしというのも、そりゃもう、とても楽しいのですが、ぽんぽん出てくる、おふたりならではの、鋭く、深い言葉を聞くたびに、「あ、もったいない、これを、私だけが聞いているのは、もったいない」と思い続けていたもので、鼎談という形で、おふたりの言葉を多くの読者の方々に読んでいただけるようになったことが、なにしろうれしかったのです。

もともと、私は、荻原さんと佐藤さんの物語のファンでしたが、長いこと、おふたりとは面識もなく、まさか、一緒に泊まりがけで遊びに行くような、気のおけない友だちになれるとは思ってもいませんでした。

それが、『ユリイカ』で私の特集を組んでいただいたとき、荻原さんとの対談が実現し、また、『ダ・ヴィンチ』の企画で佐藤さんとの対談も実現し、やがて、おふたりと、私的な友人関係が生まれていくことになったのです。

最初の三人での「デート」は神楽坂でした。お昼を一緒に食べるだけの予定が、あまりにも、おしゃべりが白熱（?）し、結局、あちこち店を移動して、深夜までしゃべりまくったものです。


私たち三人の作風は、それぞれまったく異なります。書いていくときに見えている風景も、多分、まったく異なります。だからこそ、三人で話していると、自分ひとりのときには気づかなかった側面から、物語に光が当たり、ふわっと、新たなものが浮かび上がってくるのを見ることができるのです。

それでいて、心の根の部分にある「大切にしていること」が、とても似ているせいか、思い切り放談していても、すれ違うのではなく、共振して高まっていく部分がある……。

おしゃべりの中から生まれてくる、様々な、きらっと光る欠片たち。それを放って、消えるに任せるのではなく、どこかですくいあげ、残す機会があったらいいな、と思っていましたが、それが今回、叶うことになりました。

『天と地の守り人』の文庫化をきっかけに始まった鼎談は、その後、荻原さんの『RDG レッドデータガール』完結を機に『ユリイカ』でも行うことができたのですが、そのとき、『ユリイカ』の編集長だったY氏から、三人のうちのふたりの作品について鼎談を行ったのだから、できれば、佐藤さんの作品についても鼎談を行い、一冊の本としてまとめませんか、というお話をいただいたのです。

ちょうど、佐藤さんの新作『シロガラス』が刊行されるというグッド・タイミングでもあったので、三回目の鼎談が実現し、こうして、本にまとめることが出来ました。Y氏に大感謝です！

三人三様の物語観、執筆姿勢、感覚……それらが交叉していく鼎談には、評論家による書評とは少し違う、作家ならではの視点が様々に表れています。かなり脱線してしまっている部分もありますが、それも含めて、楽しんでいただけたら、幸いです。

## 全ては繋がっている

**佐藤**　地震から三週間が過ぎ、今日こうして無事に顔を合わせることができて、本当によかった！　あの日、お二人はどこにいました？

**上橋**　私は、茨城の利根町図書館で、カウンターに本を返却した瞬間、地震がきて、書架から本が落ち、職員さんと一緒に外に飛び出しました。電話も一切通じなくなり、車を運転して帰る間も大きな余震は続くし、信号は全部消えている。家の屋根瓦が落ちていたり、神社の灯籠がひっくり返っていたり。本当に恐かった。

**荻原**　私は自宅にいて、震度五弱だったけれど、そんなに大きな地震には感じなかったんです。飲み物がこぼれるかな……と見つめていたくらい。テレビを点けたら、あまりの惨状で、ニュースに見入ってしまいました。

**佐藤**　関東でも、場所によって、ずいぶん違うよね。私は、娘と一緒にテーブルの下に潜って、必死で踏ん張っている感じでした。それから間もなく、上橋さんから無事を確認するメールがパソコンに届き、翌日の鼎談を中止しようということに。

**上橋**　お二人からのメールで無事がわかって、もう本当にほっとした！

**佐藤**　中止の提案があったとき、私はまだ未曾有の大災害になるとは予想もしなくて、いち早く察知した上橋さんは、何かそういうアンテナがあるのかなと思いましたよ。

**荻原**　確かに、上橋さんから「これは大災害になるから備えた方がいいと思う」というメールが届き、私は買いだしに出かけました（笑）。その時は、まだ水も電池も手に入りましたから、とても助かりました。

**上橋**　オ・チャル〈群れの警告者〉(1)みたいだった（笑）？　私は臆病者なんだと思います。あのとき、遠い宮城県沖が震源なのに、関東地方の電気が消え電話も通じないという現実が恐かった。あらゆることが連動して起きてくる予感がして。物事を個別のことだけで考えられない性格のせいかも。

**佐藤**　つまり、全てが繋がっているという考え方なのかな。



**（1）オ・チャル〈群れの警告者〉**　〈守り人〉シリーズに登場する言葉。鳥や魚といった群れで暮らす生き物たちの中で、他のものよりもいち早く危険が到来することを感じ取って、群れに警告する者という意味。

**上橋**　そうですね。中学校の頃、私はこの世界のすべてがたくさんの糸で繋がって動いているようなイメージがある、と友達に話したことがあります。

**佐藤**　それは、身近で起きたことばかりではなく、もっと大きなことを常に意識している感じ？　人類学者としての素養のようなものなのかな？

**上橋**　もともとそういう考え方が子供の頃からあったから、人類学者になりたいと思ったんでしょうね。つまり自分の生活もこの地球の裏側の生活も、たとえば石や虫も全部関(かか)わっているという感覚。ある意味、これは人類学でフィールドワークをやっていたから、尚更(なおさら)なのかもしれないけど。備えなきゃ、という感覚も。

**佐藤**　フィールドワークでは、厳しい体験をしました？

**上橋**　それほど厳しくはないけど、例えば、トヨタのレンタカーを借りているのに、ボルボの漏斗(じょうご)を借りてブッシュ（原野）に乗り出してしまって、いざガソリンが切れて入れようとしたら、漏斗の型が合わないので入れられない。でも、周囲数百キロ、町やガソリンスタンドはないので、真っ青になった経験があります。

**佐藤**　いやーっ、怖い。なるほど、サバイバルな経験！

**上橋**　後になって、フィールドワークをしている仲間から、そういうときは新聞紙を丸めて使えばいいんだよ、と教えられて納得しました。だから、「備えておかないといけない」という恐怖感がすごくある。それで、地震のときには、コンビニに駆け込んだというわけです。

**佐藤**　リアルな体験があるからなのですね。我々とはちょっと違う感じがしていたのですが、そういう実体験が背景にあったということで納得です。

**上橋**　物事は一つだけではなく連鎖反応で動いているような感じを、いつも持っているんです。

**佐藤**　なるほど。それは、上橋さんの全作品に関わってきますね。

**上橋**　確かに、書いているときも、その感覚はあるかもしれない。

**荻原**　上橋作品の一番特徴的な点かもしれないですね。だから、このシリーズも、ナユグとサグ(2)二つの世界がリンクしながら物事が動いてしまうということでしょう。

**(2) ナユグとサグ**　〈守り人〉シリーズに登場する、目に見える人間の世界（サグ）と、サグの人々の目には、ふつうは見えない、もうひとつの世界（ナユグ）。二つの世界は同じ時空に重なって存在する。呪術師はナユグを見、そこの生物と会話したりもできる。ごく一部の人間は、呪術を用いなくてもナユグが見えることがある。

**上橋**　そうそう、関連して動いている。しかも、その関連が目には見えない。自分が感知していることの向こう側に、実はたくさんのことが動いている感覚があるの。

**荻原**　人間の予想や望みを超えて、非人間的に動いていく感じがよく出ている。ナユグの世界のつくり方は、御都合主義なところがなくて、誰の意のままにもならない別世界が、きちんと描かれている気がするのね。

**佐藤**　サグとナユグという二つの世界の共存――このシリーズの一番大きな設定は、もともとどういうところから発想したのか、ぜひ聞きたいですね。

**上橋**　発想というか……考えたことじゃなくて、バルサ(3)とチャグム(4)のイメージは、燃えさかるバスから中年の女性が男の子の手を引いて逃げるという映画のワンシーンを見た瞬間に頭に飛び込んできたの。それから、チャグムがお腹に精霊の卵を抱いているイメージは、昼寝から起きたときに浮かんだの。まだ物語は全然見えていなかったのですが、なぜこの子を連れて逃げているんだろう、と考えながら寝ていたのかも。

**佐藤**　そうか、まず彼女が子供を連れて逃げる……。

**(3) バルサ**
〈守り人〉シリーズの主人公。カンバル人の女用心棒で凄腕の短槍使い。幼少時に父親が政権争いに巻き込まれた影響で、父の友人ジグロの助けで国外逃亡。ジグロから学んだ短槍術を活かして、諸国を転々としながら用心棒稼業をしている。

**(4) チャグム**
〈守り人〉シリーズの登場人物。新ヨゴ皇国の第二皇子。身体がナユグと重なっている稀な存在であるがゆえに、水の精霊の卵を産みつけられ、そのために命を狙われる。そこをバルサに救われたところから数奇な冒険が始まる。

**上橋**　おばさんってあまり守護者の感じにならないけれど、自分の子でもない少年を守りながら逃げる女性のイメージにそって、物語がどんどん生まれてきた感じ。

**佐藤**　でも、それって、このシリーズの骨子ですよね。

**上橋**　そうですね。大きな構造をつくるより先に、こういう話が書きたい、という衝動（しょうどう）が先だったんです。

**佐藤**　具体的なシーンで次々と出てきたの？

**上橋**　まずイメージが浮かび、次に、この子は何で逃げているんだろうなと思いながら、考えがまとまらないまま寝てて、目が覚めたときに、何か別世界の生態系の一部を担（にな）っちゃっているというイメージがぽかっと浮かんできた。カッコウに托卵（たくらん）されちゃうような、自分では思いがけない状況で、別の生態系と関わってしまうイメージが、突然（とつぜん）生まれてきたの。

**荻原**　チャグムの立ち位置と精霊の卵が繋がったんですね。

**上橋**　だからナユグが私にとっては別の生態系だったんです。この世界の生態系と同じように、隣接（りんせつ）しあう別の生態系があり、あるとき偶然（ぐうぜん）、それと関わってしまう人がいるとしたら、何が起こっているかわからないから、探っていくしかない。

私は、なぜこうなっているのだろうと探していく物語が好きで、だから、突然、「これは、物語として書けるんじゃないかな」と思ったのかも。そのときの自分はチャグムだしバルサなので、向こう側の生態系が何だかは全然見えていない。ただ、何か途方もなく大きな世界があって、そこの生態系や論理やシステムで動いている……。

**佐藤**　もう一つの生態系というのはある意味危険を伴う場所なのかな。

**上橋**　危険、ではなくて、こちらの人間にとっては理由がわからず、突然起こってしまうこと。例えば、突然、卵を預けられたりしたら、それはもう大騒ぎになるでしょう。でも、そこに善と悪を入れたくなかった。例えば、こちらの世界とは時間の長さも違うから、卵が産まれてくるまでの長さも全然違うとか、その生態系なりの天敵がいるとか、訳がわからないまま関わってしまっただけのストーリーにしようと考えていたのです。でも、それだけでは現実とかけ離れ過ぎて、切実さがなかった。そのとき、チャグムが、第二皇子だとしたら、そして、その身に異変が起きてしまったら、次には排除が始まるだろうな、という意識が連動していく。これが順を追ってではなく、同時に動きだすの。

**佐藤**　そうして結構メインストーリーができたという……。

**上橋**　動き始めちゃったという感じ。で、バルサがいつもの仕事とは質が違うし、こまったな、思っているときに、ふっとタンダ(5)の顔が頭に浮かんできたのです。

**佐藤**　なるほど。そこでタンダの登場！

**上橋**　そういうふうに、行き当たりばったりで浮かんでくるのですよ（笑）。

**佐藤**　お話が出来ていく過程が、すごく面白い。

**荻原**　この長いシリーズで、ナユグの出来事がいつも並行して動いていきますよね。ナユグに春が来ることも。

**上橋**　そうそう、最後に、ナユグに春が来ましたね〜！

**佐藤**　我々の目には決して見えないもの、現実にはありえない出来事のお話は、一般的には「ファンタジー」というジャンルに分類されるけれど、それを文字にしていくためには、どういうリアルさを自分の中に

**(5) タンダ**
〈守り人〉シリーズの登場人物。呪術師トロガイの弟子で、バルサの幼馴染み。幼少時からバルサの怪我を見てやっていたため薬草治療に長けている。おおらかな性格で、バルサを大切に思っている。

持っているのかな。

**上橋**　今、見えているもの以外の「世界」があることをリアルに感じるのを「ファンタジー」だというのかもしれない。でもね、それが当たり前の現実だと思っている人たちは世界中にいるし、とくに、ちょっと前の時代では、それはすごくリアルな感覚だったような気がするのです。日本人の生活でも、あの世とか他界とか異界とかを常に意識してきたわけだし。

**荻原**　その感覚は、わかる気がする。明治以降、西洋文明が入ってきてから、それらを排除し始めただけで、それまでの長い間、お化けは当たり前にそこにいたわけだし。

**上橋**　そうそう、何かがあると、お狐（きつね）さんのせいじゃないかというような感じ。曖昧模糊（あいまいもこ）とした感覚が、生活の傍（そば）にいつもあったと思う。

**荻原**　すごく民俗（みんぞく）学的な考え方ですよね。

**上橋**　そう。でも、学問というレベルでなくても、私には自然な感覚でもあったの。

**荻原**　違和感（いわかん）がなかったということね。

**上橋**　おじいちゃんが、狐に化かされて帰ってくるという話とかも聞いて育っていたから（笑）。

**荻原**　そういう話を豊かだと感じるところに、日本におけるファンタジーの復権があるのではないでしょうか。

**上橋**　「現実」をどう捉えるか、ということには、これが唯一絶対である、という観方はありませんよね。私が学んできた人類学では、実に多様な世界観をもつ人々と生々しく出会っていきますから、私にとっては、異世界を描いたら、即、「絵空事のファンタジー」という感覚はまったくないんです。

でも、私は別に、人には見えないものが見える訳ではありませんよ。霊感ないし、お化けは見えないし（笑）。ただ、私にとっては、見えないから、それは現実ではない、という感覚はないんです。バルサは自分に見えないことは、ある、とは言い切らない人だけどね（笑）。

**佐藤**　なるほど。バルサとタンダとチャグムというのは、まさにその「見える」段階がそれぞれ違う。グラデーションになっていますよね。

荻原さんの作品にも、「説明のつかない不思議な大きな力」というものが出てきますね。主人公とか主要登場人物が特別な力を持っていて、それを抱えながら、どうやって世の中や人と関わっていくか、という物語が。

**荻原**　たぶん、根本的な部分は上橋さんと同じ考え方なんだと思います。ただ、私の作品の場合は、一人の人格の中で起きている。

この宇宙はカオスでできているけど、その中に、コスモスという、初めがあって終わりがある整合性をつけた世界が欲しくて、お話を考えているという気がしています。負い切れない力を負ってしまって四苦八苦する主人公というのは、ある意味、誰もが子供から大人になるときに経験していること。自我よりも大きなものを手に入れようとして、足掻くときが必ずある。けれど、それは、みんながやっていることだよ、ということを書いているのかもしれない。

**佐藤**　むしろ個人なんですね。人間というか。

**荻原**　私は、個人を見ていて、上橋さんはもっと社会システムのからくりに向かって書いている気がします。

**上橋**　人はそれぞれインナーワールドが違うにもかかわらず、何かを納得するために生み出していくお話は、意外なほど似ている。なぜ、それぞれ個性を持っているはずの大勢の人間たちが、同じような「物語」で世界の事象を納得するのかということに興味があるんです。その一方で、そういう「物語」は完全に同じではない。そういうことを考えるものだから、物語が個人だけでなく大きな世界に動いていってしまうのだと思う。一つの民族は同じ神話を共有し、違う民族は違う神話をもつ。チャグムという旅人がそれに出会いながら、そういう多様な世界観に出会っていくのを見ているような感覚が、私にはあるのかもしれない。

**荻原**　つまり、天の視点。

**上橋**　でも歩いているのはチャグムだから、天ではないけれどね。

**荻原**　天の視点から、カメラが急にズームインしてチャグムになったり、同じ分量で敵方にもズームインするところが特徴的ですね。チャグムを特別扱（あつか）いしない。チャグムにも他の王子にも同じぐらい筆をさく。

**佐藤**　それが上橋さんが言うところの、全部が連動して繋がっている、ということなのかな。

**上橋**　例えば時計の中を見ると、精密な構造の歯車の連動が気持ちがいいよね。でも、時計の歯車は、世界を語るには、私にはシステマティック過ぎるの。この世はたしかに見事なまでに緻密で正確だけど、もっと流動的な、あるいは煙の動きのようなもので出来ている感覚がある。

**荻原**　もっと水のような。

**上橋**　そうそう。だから、ドイツのファンタジーは、時計仕掛けに見えてしまう。

**佐藤**　ミヒャエル・エンデ(6)とかね。

**上橋**　最終的には、全てが歯車のようにきれいに整う感覚があるのだけど、私のは、絶えず動き、端の方がぼんやりと見えなくなっている感覚。

**荻原**　小さい子は、時計仕掛けでこの世の解明ができるお話があると、安心できるのかもしれない。

**上橋**　子供の頃って、確かに納得できて安心できるお話が欲しかったよね。でも、私は、チビの頃からあまのじゃくだったからなあ（笑）。

**荻原**　私もだめだった（笑）。

**佐藤**　私は、エンデの「モモ」(7)は、たぶん一七歳ぐらいで読んでいるのだけど、一〇歳ぐらいで読んでいたら、また感じ方がかなり違うと思う。

**（6）ミヒャエル・エンデ**　ドイツの児童文学者（1929-1885）。ファンタジー作家としての活躍はもちろん、現代社会の行方にも大いに警鐘を鳴らしている。主な作品として、『モモ』、『はてしない物語』、『鏡の中の鏡――迷宮』などがある。

**（7）「モモ」**　エンデによる児童文学作品。「時間貯蓄銀行」という灰色の男たちによって人々から時間が盗まれてしまうが、貧しくも不思議な力を持つ少女モモが、冒険をしながら奪われた時間を取り戻す。

**上橋**　私は一四歳ぐらいだったかな。その本にいくつで出会うかで、印象はまた全然違うね。

## 物語の始まり

**佐藤**　ところで、〈守り人〉シリーズは大作なわけだけど、一冊目を書いた時点では、これほど長い物語になるとは思っていなかったんですよね。

**上橋**　ええ。本当に行き当たりばったりで生まれてくるのです。だから、チャグムにバルサが自分の子供の頃の話をしてあげるシーンがあって、そこで『闇(やみ)の守り人』(8)のイメージが頭に浮かんできました。

**佐藤**　あそこで、もうできていたんだ。

**上橋**　そう。そして、呪術師(じゅじゅつし)の暮らしってどんなもんだろう、と考えているうちに、『夢の守り人』(9)のイメージが浮かんできて……。

**佐藤**　バルサとかタンダとか、一人一人を追いかけていくことで作品自体がどんどん成立していくんですね。



**(8)『闇の守り人』**
〈守り人〉シリーズの第二巻。チャグムの護衛を終えたバルサは、ジグロの供養のため故郷のカンバル王国に向かう。しかしカンバルではジグロが国宝の金の輪を盗んだ謀反人の汚名を着せられていた。バルサが自らの過去と向き合う物語。

**(9)『夢の守り人』**
〈守り人〉シリーズの第三巻。バルサは、人攫いたちに追われていた旅の歌い手、ユグノを救う。一方、皇太子となったチャグムは、夢の中で聞こえる歌声に惹かれ、目覚めなくなってしまう。

**上橋**　生きる彼らの背景から、過ごしてきたものが全部見えてきて物語が生まれてくるんでしょうねぇ、きっと。

**佐藤**　私も荻原さんも、『闇の守り人』がすごい大好きです。私はチャグムのファンなので、〈旅人〉シリーズがすごく好きなんだけど、「守り人」ではこの作品が好き！

**上橋**　ありがとうございます。でも、なんで『闇』が好きなのかしら？

**荻原**　個人的な掘（ほ）り下げが一番深い。

**佐藤**　そうかもしれない。バルサの人生のね。

**荻原**　私は、『精霊』を読んだ時点では、バルサがまだよくわからなかったんです。だけど、『闇』は、絶対会えないはずの死んだ人に会える展開や、最後にジグロとバルサが槍舞（やりま）いを舞ったシーンが、すごく好きです。これほど厳しい「おとぎ話」があるというところも好きです。バルサの人生が抱えるものに強い説得力があります。

**上橋**　ありがとう。でも、あの槍舞いは、私が武術オタクだったから生まれたものなの（笑）。学生時代に日本の武術や中国武術にはまっていました。

**荻原**　描き方に愛があるもの（笑）。

**上橋**　でしょう。師範たちの動きは流れるようで、考えた動きではなかったのね。それも一人の動きではなく、三人とか四人とかの動きが液体のように一体化する不思議な光景を見たの。それがずっと頭の中にあって、あの槍舞いが浮かんできた。だから、これも、他者と如何に関わっていくか、ということと結びついているの。

**荻原**　だけど、あの槍舞いって、私には一人舞いにも見えたの。バルサが相手を刺せば自分が致命傷を負うわけで、鏡に映った自分の影と踊っているという感じがある。つまり、自分の心の中のジグロが自分を憎んでいると言っているわけですよね。

**上橋**　そう。私ね、人が他者を認識するのは、一度自分に置き換えないと理解できないもののような気がしているの。それが一番明確に出たのが『闇』なのかも。

**荻原**　「弔い」とは何かということを、きちんと描き出しているでしょう。そこがすごいんです。弔いは、生きている我々が納得するための物事なんだという本質が、あそこに出ている。だから、すごく深いし強いし、印象に残った感じがするの。

**上橋**　そう言っていただけると面映いけど、うれしい。ただ、『闇』を書いたときにね、このままだと物語が大きくなっていかないという気がしたの。あれは玉のように綺麗で、すーっと下に伸びていく感じの物語なので。

**佐藤**　どんどん深まっていくのね。

**上橋**　でも、私は、果てが見えないような、壮大な地平のほうが好きなんだなぁ。

**佐藤**　『指輪物語』[10]みたいな。

**上橋**　そうそう。でも、両方は、なかなかできない。

**佐藤**　私はあの中央アジア的な印象を持つカンバルの舞台設定がすごく好き。

**上橋**　私もそんなイメージで書いていました。

**佐藤**　いろんな世界がこのシリーズにはあるけれど、カンバルの洞窟の世界という、貧しくて乾いた国の地底にあるという感じが、すごくリアルで、インパクトがあったと思う。例えば映画のような映像が頭に浮か



**(10)『指輪物語』**
イギリスのJ・R・R・トールキンによる長編小説。「中つ国」と称される遠い昔の地球が舞台で、そこでは、いまだエルフ（妖精）などの異種族や魔法使いが闊歩している。世界の運命を決する「力の指輪」の行く末をめぐって各種族が入り乱れての戦争が繰り広げられる。言語学、神話学、宗教学など膨大な知識を注ぎ込んで書かれたファンタジー小説の金字塔であり、その後のファンタジーに多大な影響を与えた。

んでくるという以上に、実際に自分が放り込まれて、もみくちゃになっているみたいな感じがしました。

**上橋**　肌感覚で感じるのかな。リアルな感覚といえば、繰り返し見る夢があって、すごく透明な水の底にいるの。そして上を見上げると、透明な水面が見えて、その向こうに空が見える。たとえようもなく美しいけど、ものすごく怖い。だから、果てのないくらい透明な水っていうのが、私の肌感覚の中にもあるんじゃないかな。

**荻原**　やはりナユグがあるんだ。すごい。

**上橋**　いえいえ（笑）、そういう感覚って、一人一人がみんな持っているんじゃないかしら。例えば音でも、この音と音の交わりの瞬間が、他の人には大したことじゃないのに、自分には異様なほどの意味をもつとか。

**佐藤**　私は、不思議な夢は時々見るけど、すごく現実的な夢をよく見る。目が覚めてから、腹が立つくらい、ばかばかしいものとか。やってもやってもできないとか、生活レベルのくだらないところにいっぱい引っかかって生きている。

**上橋**　くだらないと言いながら、佐藤さん、そこにものすごく細かく目を留めているよね。普通の人は気がつかないところも見えていて、表現できる人なんだよね。

**荻原**　佐藤さんの文章は、くどくなくて、ズバッと本質を突くの。たくさん見えているものの中からピンポイントで選択してくる感覚。

**上橋**　そうそう！　その選び方がまた見事なんだよね。一番大切なものに、ぴしっと焦点が合っているから、ドキッとするんだろうな。そもそも日常生活って、納得するような形にはならないじゃない。それなのに、佐藤さんの作品は、魔法を見せられているような心地よさを感じるのが不思議なんだ。

**荻原**　佐藤さんは、ドラマチックなものを書きたいとは思っていないですよね。

**佐藤**　ドラマチックな筋立てを使わずにドラマにしたいというヒネた野望が（笑）。

私の場合、ほとんどが一人称で書いていますが、上橋さんが言っていた天の目というのはないですね。ほとんど主人公の目で見たもの、感じたことというところから絶対はみ出さないようにしています。その他の情報は表には出さないけれど、天の目で他の状況を整理していないとやはり書けないじゃない。一人称で書いていても、それを考えるのがすごく大変。でも、上橋さんは、一人を考えると、周りが見えて、感覚が繋がっていくのでしょう。

**上橋**　そうですね。子供の頃、自分が生きているこの世界そのものがとても怖かった。友達とか親とか、一人一人と顔を合わせていられる、そういう間柄は安心できるのだけれども、「世の中全体」となると、果てのない巨大な何かが蠢いている感覚があって怖かったの。泣いても喚いても許してくれない途轍もない力が働いているような。それがいったい何であるのかを知りたい気持ちが強かった。だから心理学よりは人類学や社会学の方に興味が行ったんだと思う。

**佐藤**　なるほど。子供時代に感じた世界の大きさというのは、私もよくわかります。

**上橋**　そう、大きいの！　人が為すことにはすべて、自分では気づけないほど巨大な何かが影響している、とか、自分の意思とは別の何かに動かされてしまっている部分があるとか。それは人だけじゃなくて、風もそうだし星も虫もそうだし。人は決して、自らが生きている世界のすべてを捉えることはできなくて、私たちが認知することすらできぬ大きな何かが、私たちの世界を支えているのかもしれない、とかね。だから、一人の話を書きながら、向こう側の大きなものに関わる話になっていくのだと思う。

**佐藤**　上橋作品を語る上では、すごく大事なことだね。

**荻原**　一人称では絶対に書けない内容。

**上橋**　あ、そうか！　だから、大きなシリーズを書き終わると、一人称のものが初めて書けるのかもね。短篇だったら一人の視点に戻ることができるわけで、愛の話とか恋の話も書ける。そういう物語は一人称の方が向いているしね。

**佐藤**　荻原さんも大きな世界を書く人だけれども、でも感覚は違うのではないかと。

**荻原**　きっと私は、天の視点は書かない人なんだろうなと思う。

**佐藤**　荻原さんにとって、大きな作品世界をつくっていくときの感じって、どういうものなのか聞きたいのですが。

**荻原**　物語の背景は、できるだけ地平の広いものとして回っていってほしい。でも、個人にはそれが全部見えるわけではないので、見える部分だけ書けばいいというか。

**上橋**　でも、『空色勾玉』(11)から始まって、壮大な天と地が両方現れてくるような大きさの話だと思うけどな。決して小さなお話じゃないよね。

**佐藤**　うん、そう思う。作品的には、大きいものだと思うけど。

**上橋**　もしかしたら、等身大の例えば女の子なら女の子自身にとって、とてもリアルな神話っていうものを描いているような感覚なのかな。

**荻原**　上橋さんは人類学に行ったけれども、私はきっと深層心理学が好きなタイプ。人の内側に全員いるんじゃないかという気がずっとしているんです。

**佐藤**　主人公の気持ちをずっと掘り下げて、追いかけていくと、世界が広がっていく感じなのかな。

**荻原**　そうなのかも。言い換えると、人ともう一人が関わっただけで、結局全世界と同じぐらいの広さのものに繋がってしまうという、気分か

**（11）『空色勾玉』**
荻原規子のデビュー作。古代日本を舞台に、天の神を信奉する輝（かぐ）の勢力と、大地の神を信奉する闇（くら）の勢力の葛藤を描く。輝を愛する少女・狭也（さや）が、ある日自身が闇一族の「水の乙女」であると宣告を受け、物語が展開。「古事記」が作品のモチーフとなっている。

な。

**佐藤**　確かに！　人と人とのかかわりの深さが荻原さんの作品の素晴らしさですよね。

**上橋**　作品を書く視点は、これほど違うものなのですね。面白い！

## 似ている、似ていない

**上橋**　私たちは三人とも、児童文学から出発して、大人の読者にも広がった作品を書いているわけだけど、なぜそうなったのかな。なにか共通点があると思う？

**佐藤**　年代的に近いから、読んできた本や好きなものは、わりと重なっていると思う。我々の子供時代は、良質な翻訳の児童文学がたくさんあって、それを当たり前のように読んで育ってきたという背景がありますよね。

**上橋**　そう。「子どもに与えるために」書かれたものとは、また違う何かを、見せてくれた気がしますね。大人がわざわざ子供に向かって膝を屈めて書いたという感じがしなかったし、純文学とは少し違う物語の形をもっているというだけで、質の差は感じなかった。

**佐藤**　ファンタジーと呼ばれるものも、たくさん読んでいましたよね。

**上橋**　読んだ、読んだ！『ゲド戦記』[12]大好きなんだけど、『指輪物語』とどちらが好きかと訊ねられたら、私は『指輪物語』の方が好きなの。『ゲド』は、ル＝グウィン[13]の思考で世界がきれいに構成されている気がしてしまって。魔法によって世界のシステムが合理的に説明されているからかもしれない。対照的に、とっ散らかっている感じのトールキンの作品の方が、人知の枠をどこかで越えた、茫漠たる地平が感じられて、私は好き。

**荻原**　ル＝グウィンは、きれいな小川に自分で制御できる範囲で堰を創り、トールキン[14]は、大河にアクセスしちゃったタイプかな。

**佐藤**　ちょっと溺れちゃいました、みたいな。

**上橋**　私も溺れたいんだけどねぇ（笑）、そこまでの度胸はなかなかでないなぁ。あれやったら、もう次の物語なんて書けない。

**荻原**　だから、第二のトールキンはいない。彼は自分の人生全てをあの

**(12)『ゲド戦記』**
U・K・ル＝グウィンによるファンタジー小説シリーズ。太古の言葉が魔力を発揮する多島世界（アーキペラゴ）・アースシーを舞台とする。並外れた魔力を持つゲドの波乱万丈の生涯を基軸に、アースシーの光と闇を描く。「魔法使い」が登場する物語のイメージを刷新したことで評価が高く、また「魔女」が差別される世界観など、フェミニズム的視点も豊富なのが特徴。

**(13)ル＝グウィン（アーシュラ・K・ル＝グウィン）**
アメリカのSF・ファンタジー作家（1929-）。両性具有を扱った『闇の左手』な

一作に込めたみたいなところがあったでしょう。

**上橋**　そこが職業作家と違うところかもね。作家って、心の中で次を書いて、その次は、という気持ちがどこかにあるけれど、彼の場合はないからね。

**佐藤**　確かに。エルフ語の文法や言語まで創っちゃう。その拘り方は半端じゃない。

**上橋**　『ナルニア国物語』[15]には、もう少し早く出会いたかった。中学でミッション系の学校に入り、キリスト教というものに様々な疑問を感じている頃に読んだから。

**佐藤**　私もミッション系に一〇年間通ったので、中学のときに聖書を読んで、唯一神の強圧的な世界観にまったくなじめなかったですね。

**上橋**　私も。聖書って、一つの絶対的な視点による大きな物語だから苦痛だった。アスラン[16]は格好いいから好きだったんだけど、キリスト教の理屈が透けて見えて、ダメだったのだと思う。それを感じなければ、タムナス[17]さんとお茶会したかったし……。自分が好きだという感覚のままに遊びたいんだけど、あるところで遊ばせてくれない本というのがあっ



ど、フェミニスト的な視点からの作品も多い。社会学・文化人類学的視点から書かれる作品も、後世の作家に多大な影響を与え続けている。その他主な作品に、『所有せざる人々』、『ゲド戦記』など。

**(14) トールキン（ジョン・R・R・トールキン）**
イギリスの文献学者であり、作家・詩人でもある（1892–1973）。『ホビットの冒険』や『指輪物語』などの、ファンタジーの作者として広く知られている。言語学や神話学の知見が盛り込まれた壮大な作品世界は類例のないものである。

て、その一つだったの。

**佐藤**　私は聖書は嫌(きら)いだったけど、中学の頃は『ナルニア』の底流のキリスト教に反発しなかった。当時は単純に丸ごと大好きでした。

**上橋**　私も好きだったんですよ。タムナスさんは好きだったし、オイルサーディンのサンドイッチも好きだったし、カスピアン王子の角笛は欲しいなとか、アイテムでは遊び続けるけど、遊べないものが核(かく)にあった(笑)。

**佐藤**　同じような時期に読んでも、違うものですね。

**上橋**　トールキンは、寓話(ぐうわ)はつくらない、と言っていたけど、私も同じ。自分が語りたい何かのために、器(うつわ)として物語をセッティングするような感覚が苦手なんです。世界はそんなに都合よくセッティングなどできないのに、『ナルニア』の場合、キリスト教的なことが最終的に語れるようにでき上がっている感覚が、はじめに見えてしまったのです。

**荻原**　アスランが復活するシーンがあるから、わかってしまいますよね。

**佐藤**　私が本当に引(ひ)っ掛(か)かりだしたのは、大学生ぐらい。

**上橋**　そういえば、私の方は、大人になって読み直してみたら、何と豊



**(15)『ナルニア国物語』**　イギリスのC・S・ルイスによる児童向け小説シリーズ。創造主のライオン・アスランにより開かれた架空の世界ナルニアを舞台に、二〇世紀イギリスの少年少女が異世界と往復しながら、与えられた使命を果たす冒険譚であり年代記。神学者でもあるルイスは、聖書からの影響を濃厚に受け、宗教と文学を高次元で融合させた世界を描いた。

**(16) アスラン**　『ナルニア国物語』に登場する、ナルニア世界を造った創造主であり守護神。巨大なライオンの姿をしている。物語の全編に登場し、

かな話だろうと思ったから不思議。

**佐藤**　あの物語に対する印象は、三回くらい変わりますよね。でも、結局、あの作品がファンタジーの草分け的存在と言えますね。

**上橋**　現代のファンタジーは『指輪』と『ナルニア』が始まりだったのでしょうね。

**佐藤**　それから無数のファンタジーが書かれたけど、なかなか超(こ)えるものがないところがすごい！

**上橋**　物語を生み出したくてたまらない純粋(じゅんすい)な気持ちで書いた、というところに、特異性があるのでしょうね。

**佐藤**　荻原さんは、ルイスみたいに晩年に最高傑作(けっさく)を書きたいと言っていたから、私、楽しみにしているよ。

**荻原**　ルイスは五〇歳になってから『ナルニア』を書いたのだから、私もやってみたいと思ったの。一五歳のときは（笑）。

**上橋**　荻原さん、書いて、書いて（笑）。一生一作ではないけど、いま書いているものが自分にとって最後の作品かもしれないという思いは、常に心のどこかにあるよね。



歴史の要所要所でイギリスから少年少女を呼び寄せて、問題の解決にあたらせる。モデルとしてイエス・キリストを強くイメージさせる存在。

**(17) タムナスさん**　『ナルニア国物語』に登場し、ナルニア国に住む半神半獣のフォーンという種族。「ライオンと魔女」では、白い魔女の呪いに逆らって、少女・ルーシィを逃したがために、捕らえられ石にされる。温厚かつ知的な人物。

**上橋**　私たち三人の読書体験は、確かに重なっていましたね。もう一つ、児童書として出発した点ですが、その経緯についても話しましょうか。

**佐藤**　私の場合、たまたま児童出版主催の賞に投稿したので、児童文学として出たわけで。後に一般書の編集者から、うちに送ってくれれば出しましたと言われました（笑）。ヤングアダルトという括りになるのかな、と。私たちが確か大学生の頃、「大人の鑑賞にも堪える」児童書をヤングアダルトと言っていたと思う。当時は、その言葉が新しいジャンルを築いていく感じがあったけれど、今はむしろ、児童書と一般書の境が曖昧なボーダレスになった感じがありますね。

**上橋**　私も、児童書の偕成社に原稿を持ち込んで、そこからデビューしたので、自動的に「児童文学作家」と呼ばれることに（笑）。自分がどのジャンルから出したいから、こういう物語を書く、という方もいらっしゃるけれど、私はそうではなくて、書きたい物語が生まれてきたから書いて、書き終わったときに眺めてみる。

**佐藤** それから、じゃあ、どこに属するのだろう……と考える？

**上橋** そうそう。書いちゃってから、自分が書いたのはサトクリフ(18)やトールキンが書いたようなタイプの物語だろうな、と思って、そういうのは児童文学に分類されているようだったから、分厚い児童文学を出してそうなところを探して、偕成社に持ち込んだという経緯なんです。しかも、荻原さんが私の一年前に『空色勾玉』を出されていたので、分厚い本を出すには心強かった。

**荻原** 長い話は、なかなか出せなかったですよね。

**上橋** 私には「児童文学」とか「ファンタジー」というジャンルで書きたい、という意識はまったくなくて、ただ書きたい物語を書いているだけなんです。

**荻原** 型を考えずに書いていますよね。

**上橋** ジャンル分けが必要なら、どうぞ決めてください、という感じかな。時折、だったら児童文学の棚に置くな、という読者がいらっしゃるけど、別に子どもが読んでもいいわけで（笑）、子どもの頃にはわから



**(18) サトクリフ（ローズマリー・サトクリフ）** イギリスの作家（1920–1992）。ケルト神話やギリシア神話を元にした作品もある。主な作品に、『第九軍団のワシ』やカーネギー賞を受賞した『ともしびをかかげて』などローマ時代のイギリスを描いたローマンブリテン四部作や、ノルマン王朝期のイギリスを舞台にした『運命の騎士』など、骨太な歴史物語の書き手として知られている。

なかった物語、であっても、子どもが読んではいけないわけではない。私は子どもの頃から濫読だったから、そういう本、たくさん読んできましたよ。あるとき、前にはわからなかったことが、ふっと、実感としてわかるようになって、ああ、そうか、経験ってこういうことか、と思ったりね。そういう経験ができる物語もあっていいんじゃないかしら。児童書の棚にあるからこそ、子どもが手にとれるし、新潮文庫になってくれたから大人も手にとれる。

荻原さんは、大学で児童文学を専攻されていたんですよね？　初めからこのジャンルで書いていこうと思われたのですか？

**荻原**　そうなりますね。やっぱり『指輪』と『ナルニア』の存在が大きいです。この二作や二作に学んだファンタジー作品が、自分にはどうしてこれほど面白く思えるんだろう、その理由が知りたいというのが出発点でした。創作したいと思っても、最初は自信がなかったので、まず研究してみたかったんです。ところが、卒業論文に取りかかったら、論文をきちんと書けないタイプだということが判明しまして（笑）。思うことを物語で表現したほうが、まだしも望みがあるということになりました。

その意味では、最初からジャンルを目ざしたことになりますが、『指輪』や『ナルニア』が児童文学に分類されていたからこそでした。国内の児童文学主流からいうと、アウトローです。目ざした当時は、ファンタジーでは賞に入らないのが常識でした。

**上橋**　そうでしたねぇ。

**荻原**　でも、純文学とかある種のエンターテインメントの人たちとは、ちょっと違う文章を書いているような気がするのですが。

**上橋**　そうそう！　私もそんな気がする。明確に説明するのは難しいのだけれど。

**荻原**　執着心（しゅうちゃくしん）のない文章と言うのか。こだわってこだわって細かく書く人がいるけれど、私たちは違うよね。

**佐藤**　まず伝えることが最優先なんだと思う。響（ひび）きを気にするよりは、まず、自分の中にあるものをどれだけ正確に言葉に乗せられるかがほぼ全て。もちろん、リズムの悪い文章は読みづらいので、そこは大事にするけれど。私は、自分の書いたものを、「ああ、いい文章だ」とか特に思わないですね。

**荻原**　わかる！　佐藤さんは自分の書いたものに耽溺しない。上橋さんも同じだけど、自分に対して冷静で客観的になっている感じがする。だから、佐藤さんの作品は一人称であっても、すーっと読めちゃう。書き込みたくなる自分と距離をとって、大事なことしか残さない書き方をしているのね。

**上橋**　そう。私も、消しゴムで書いている感覚があるかな。デッサンをする時に、まず線をいっぱい描いてみて、この線というのが見えた瞬間に周りをきれいに消すように、私は文章を書き終えてから、すごく削る作業をします。

**荻原**　本当、上橋さんは潔すぎるくらい、それができる（笑）。

**上橋**　いやぁ、実は年をとっただけかも（笑）。昔は、ドストエフスキーとかトルストイとか、過剰に細かく書かれたロシア文学なども結構読んだし好きだったんです。でも、いまは藤沢周平の文章が好き（笑）。世界を書く場合には、読者が風景を見てくれればいい、と思う。風を感じて、雲間から射した光が見えていてほしい。そのために文章を書いているので、装飾過多にしてしまうとそれが見えなくなってしまう気がするのね。文章表現のための文章は、魅力的だけど、そこに意識がいってしまう。

**佐藤**　だから、一番わかってもらえるように抽出しているんですよね。

**上橋**　大切に思っている部分がどこなのかが、きっとわかる。でも、読者の手に渡されれば、その後は読者のものだから。

**佐藤**　あと想像してほしい部分はあるし。結局、十あるうちの全部書いちゃうと十で終わっちゃうでしょう。でも、八で止めておけば、そこから一五ぐらいまで広げてもらえるかもしれない。

**上橋**　それは、アニメ化をしたときに感じました。漫画やアニメは、すべて目に見えてしまうので、想像を広げる余地を生み出すのが大変でしょうね。文章は、書かないことで、かえって読者の想像力を刺激して、作者と読者の共同作業で新たなものが生まれる、という面白さがあるけれどね。

**佐藤**　私も、自作を映画や漫画にしていただいたときに言葉だけで創る世界は、実はとても自由なのだと実感しました。絵があることって、インパクトあるし強いな、と思っていましたが、逆にずいぶん縛られるんだっていうのを知りましたね。

**上橋**　本当にね。それと同時に、文章一つで人の頭の中に世界が広がる人間って、すごい生き物だなと思う。

**荻原**　〈守り人〉シリーズの端から端まで異世界というのは、その醍醐味ですよね、きっと。

**上橋**　そうですねぇ。物語を書いていく仕事って面白い。〈守り人〉シリーズは、その楽しさを存分に私に与えてくれたシリーズだったと思います。

　私自身はすごく楽しめた作品なのですが、ここで、お二人の好きな人物を伺ってみたいと思うのですが。

**佐藤**　私は、これまでにも言っていますが、チャグムです。神聖な皇子の高貴さ、ナユグに近い存在である神秘性と運命に虐げられることで培った力と賢さと経験、心の弱さ、やわらかさと並外れた強さ。一人の人間の中に、様々な相反する要素が、こんなにリアルに描かれているのは、本当にすごいです。彼のそういうギャップにしびれるので、サンガル王国で祝いの演武中にタルサン王子の不意の攻撃(こうげき)をはねかえしたシーンが印象に残っています。囚(とら)われた船の中で上手に身なりを整えたり、雑巾(ぞうきん)をうまくしぼってヒュウゴ(19)を驚(おどろ)かせるところなど、とても好きな場面です。

**荻原** 私は、先ほども話しましたが、『闇の守り人』で、バルサが大いなる弔(とむら)いとして、槍舞いを舞うシーンが一番好きです。だから、ジグロが好きですね。ジグロの恩に報(むく)いて人助けをしているバルサが、ジグロに憎(にく)まれてもいたと自覚する深さで、じんとします。おかげで、ジグロもひとりの人間であり、血が通っていたことがわかる。感情の深い絆(きずな)は、そういう相反したものを含(ふく)むという、真実を感じます。

**上橋** 素晴(すば)らしい感想をいただき、感激です。私も○○が好きで……と言いたいところだけど、作者がそれを詳細(しょうさい)に述べてしまうと、読み方を限定しちゃうかもしれないので、やめときます(笑)。

## 自ら生まれ育つ

(19) **ヒュウゴ**
〈守り人〉シリーズの登場人物。タルシュ帝国によって滅ぼされたヨゴ皇国の戦災孤児であったが、そこから身を起こしてタルシュのラウル王子の密偵をしている。若いが切れ者である。「蒼路の旅人」ではチャグムを攫うが、敵味方という単純な色分けでは測れない複雑な人物。

**佐藤**　『天と地の守り人』[20]はシリーズの最終巻となる三部作ですが、それまでの一話ずつを完結させる書き方とは、違(ちが)いがあったのでしょうか。

**上橋**　バルサの話は、用心棒として、雇(やと)われ仕事を一つずつ片づけるように一つの物語が終わるので、はじめの三作までは一つずつの物語として浮かんできました。でも、チャグムが主人公の『虚空(こくう)の旅人』を書いてみると、彼の置かれている立場から、どうしても歴史に関(かか)わってくるのですよね。歴史には終わりがないから、一つが動き始めると大河のようになっていくわけです。バルサもチャグムも、物語の大きな流れの中で、それぞれの人生を生きている。二人が関わったことから始まった物語だけれど、この二人が、それぞれ、なにかひとつの着地点にたどり着くまでは見届けたい、と思って、『天と地』を書いたんです。

**佐藤**　つまり、きちんと彼らと関わって終わらせたい、と。

**上橋**　そうですね。ここまで紡(つむ)いできたのだから、物語としての終わりをきちんとつけたい、と思ったわけです。そうしたら、チャグムがあそこで飛び込んでくれたので。

**佐藤**　自ら飛び込んでくれたんですね、あれは（笑）。

(20) **『天と地の守り人』**　〈守り人〉シリーズの最終巻。「第1部　ロタ王国編」「第2部　カンバル王国編」「第3部　新ヨゴ皇国編」の全三部から成っている。迫りくるタルシュの脅威や、ナユグの異変に対し、バルサやチャグムをはじめ、登場人物のそれぞれが、人々の安寧を求めて苦闘する姿を描いている。

**上橋**　そう。そのお陰で、バルサが探しに行くことになった。つまり、チャグムが動くことによって、あらゆる状況も一緒に動いていく。一巻から続く父親との問題をどう決着をつけていくのかが見えてくる。その一方で、ナユグに春が来ちゃって……。

**荻原**　あれは『神の守り人』(21)のあたりからだんだん近づいていますよね。

**佐藤**　それは、来ちゃったというような感じなんですね。

**上橋**　うーん、そんな感じですね。物語って、ある時から、自分で物語を生んでいくことがあるような気がする。

**佐藤**　育っていく感じでしょうか。

**上橋**　春が来たから、トロガイ(22)はこうするだろう、とか、様々なものが連動して動き始める。戦も、ナユグもすべてを包み込んだ「天の動き」があって、チャグムは間にいて両方が見える。しかし彼は「地」を歩いて行かなければいけない人で、それと同時に帝は、自分には「天」が見えると思い込んでいて——といった幾つもの筋道がある。その中で、バルサという、「人」の感覚から最後まで離れない人間がいてくれたのは、本当にありがたかった。



**(21)『神の守り人』**
〈守り人〉シリーズの五作目。「来訪編」と「帰還編」からなる。バルサは、人買いから幼い兄妹を助けるが、妹はロタ王国を揺るがす大きな力を秘めていた。

**(22) トロガイ**
〈守り人〉シリーズの登場人物。当代一と言われる呪術師の老婆で、タンダの師匠。とてつもない気力・体力の持ち主。先住民ヤクーの生まれである。

**荻原**　最後まで「人」として、自己の肉体で動くというタイプですよね。

**上橋**　そう。これまでの人生で身につけた経験とプロとしての意識で、やれることをやっていく。チャグムが国を救うのであれば、バルサは町で焼け出された人間たちをどうやって逃がすかということに専念する。それらが最後は連れ合いのタンダを助けることに繋がっていくわけです。これは、これまで書いてきたシリーズの中で、バルサとタンダ、チャグムが生きていてくれて、ナユグもまた生きて動いていたから、それぞれの動きをちゃんと生んでいってくれたのだと思います。だから『天と地の守り人』は、書き終わるのがすごく早かったんですよ。『蒼路の旅人』[23]は大変だったなぁ。

**佐藤**　あそこは一種の転換期でしたからね。

**上橋**　何回書き直したことか。ずいぶん苦しんだんだけど、『天と地』は早かった。

**荻原**　『蒼路の旅人』は、大きく飛ぶための踏切板というか、難しい位置にあるんですね。じゃあ、最後は一気に書けたわけね。

**上橋**　一気呵成で、どんどん物語が物語を紡いでいっちゃう感じでした。



**(23)『蒼路の旅人』**　〈守り人〉シリーズの六作目。タルシュ帝国の脅威が迫るなか、チャグムは罠に落ち、南の大陸へと連れ去られる。最終巻『天と地の守り人』へつながっていく物語。

**佐藤**　シリーズの中で、特別これは早かったとか、辛かったという違いみたいなものはありますか。

**上橋**　一番早かったのは、『精霊の守り人』で、たぶん、三週間ぐらいで書いたんです。

**佐藤**　うええっ。

**上橋**　大学の冬休みに書けちゃったから。それ以外は、すご～く時間が掛かっています（笑）。

**荻原**　そういう意味でも、最初と最後の巻は呼応しているわけですね。

**佐藤**　〈守り人〉シリーズって、もう書き切ったって感じがする？　それともまだ、実はまだまだ物語はある、って感じなのでしょうか。

**上橋**　結構、書き切った感じがしています。個々人の物語は書けるでしょう。それこそ「木枯し紋次郎」みたいに、バルサがまたどこかで新たな仕事を請け負うとか。それは幾らでもできてしまうから。

**荻原**　バルサって、西部劇のガンマンみたいだから。通りすがりに弱き者を助ける無敵のガンマン。

**上橋**　そうそう（笑）。でも、それはね、ある意味、大河物語としてのこの作品とは質が違うので、一つの大きな物語としては書き切った感覚がありますね。

**荻原**　ナユグが関わっていないと、この物語にはならないですよね。バルサの存在だけで、格好いいエンターテインメントはできるけれど、並(へい)行(こう)世界がないと、あの〈守り人〉世界にはならない、ということですよね。

**上橋**　本当にそうですね。これだけの人間がいて、世界があって、初めてあの物語になった感じがします。バルサがいたから書けたけれど、バルサだけでは書けなかった。それがある意味、ファンタジーというものなのかもしれません。

**荻原**　そうか！　バルサだけで書けるなら、ファンタジーじゃなくてもできるよね。

**上橋**　ファンタジーというか大河的な空想――ありとあらゆるいろいろなものを含(ふく)み込んだ大きな物語という感じにはならなかったかな。

**佐藤**　バルサといえば、映画のワンシーンからイメージしたとはいえ、バルサが中年の女性という設定は、児童文学というジャンルにおいては斬新だったと思うのですが。

**荻原**　すごい斬り込み方でしたよね。

**上橋**　私にとっては「生まれてきちゃう」ので、他の年齢の女性であるイメージが頭に浮かばないのだけど、というか、たとえばバルサが一七歳だったら別の物語になっちゃうのだけど（笑）、周囲からは様々に諭されました。当初は三五歳ぐらいのイメージだったので、とくに。そんな年の主人公では、子どもが、心をのせていけないと。それから、「そんな年じゃ、体が動かないわよ」と担当編集者が指摘してくださったんです。それはありがたいご指摘でしたね。でなければ、ラストでバルサは四〇過ぎていました（笑）。私にとって、バルサが大人であることはとても大切だったのですけど、いま考えると、この年齢設定でちょうどよかったのかもしれない。足を挫くぐらいで済んでるから。

**佐藤**　でも、バルサは、よくケガしてるよね。

**上橋**　どうしても、ケガをしないではすまないんですよ。

**荻原**　体の痛みがないと、戦う人の肌触りが伝わってこないからでしょうか。

**上橋**　なんというか、古流柔術を習ったとき、自分もよく痛い思いをしていたので、人と向かい合って戦っていて、傷つかないということが想像できないんです。

**佐藤**　それは実体験があると違いますよね。

**上橋**　ただ、体って、切られたら一発で死んじゃうようなところが多いので、どこを切るかで悩んだことはたくさんありますね。従兄が医者なので、ずいぶん助けてもらいました。最終巻のタンダの腕を切り落とすシーンでは、切っても死なずに済む部分を聞きました。バルサが鉈で落とすシーンが浮かんだ時、私としては、最高の愛情表現だと思って、すごく書きたかったんです。でも、腕を切り落としたら、体が弱っているし、動脈は切れちゃうし、普通は死ぬだろうと考えたわけ。焼いたコテで血管を血止めすることも考えたけれど、本当に大丈夫なのか、医者の従兄に訊いたんです。そうしたら、そんなことをしても、動脈からの出血の勢いは止められない、と言われました。当初、タンダの肘のあたりから切るイメージだったのだけれど、心臓に近いので、諦めました。手首よりやや上ぐらいだったら、生き延びさせられる方法はある、と。

外科医はクリップで止めるのだと教えてくれましたが、クリップなどない世界。その瞬間、歯が浮かんだんです。

**荻原**　あれは本当に衝撃的だった。

**上橋**　私にとっても衝撃的だったんですけど、タンダの腕を摑んで、バルサが血まみれになりながら噛むイメージが浮かんだんです。出血を何度も止めた経験がある彼女の人生が、ここで活きて、躊躇わず、愛しい人の命を救うことができました。大切なシーンが幾つかあって、そのうちの一つがあの場面でしたね。あとは、チャグムと帝のことですね。二人の関係をどう決着させるか、という点は難しかったですね。

**荻原**　さっきの話のように、バルサとチャグムが、どこかでもう一回きちんと、しかも劇的に会い直さなきゃいけない、と思ったことも、大きな力になっていたと思う。

**上橋**　本当に。しかも、時が流れていきましたからね。バルサはもういい年になっていて、チャグムの方が大きくなっていてね。

**荻原**　チャグムに会うまでが、すごくわくわくする。

**上橋**　私も、ああいうシーンは、物語の中の人物と同じ気分になって書いているので、ふたりが出会えたときは、心底幸せでした。

**佐藤**　でもそれは、いろんな人の視点になるから、常にいろんな人物の気分になるってことよね。

**上橋**　なりますね。ヒュウゴは、私にとってすごく大きい存在。あの男がいてくれたお陰で、南の大陸の国が自分にとってものすごく身近になったし。

**佐藤**　完全な敵国ではなく、そこにはそこの論理があることが、彼を通して伝わってくる。

**上橋**　『蒼路』を書く前に、アルハンブラ宮殿(きゅうでん)に行ったのだけど、近くであの彫(ほ)り込みを見たとき、その凄(すさ)まじさに圧倒(あっとう)された。人にこれだけの仕事をさせる国家の構造というものを、改めて考えさせられた体験でした。アボリジニ(24)の研究でも、それぞれの文化や言葉やアイデンティティを持つ人たちが一つの社会で共存することの難しさを肌で感じている頃で、民主主義での多民族社会の在り方と、帝国(ていこく)主義のように多民族をひとつの権力で蓋(ふた)をして押(お)さえつけることの意味などを、真剣(しんけん)に考えていた時期でした。だから、タルシュという国が出てきたのも、その中



(24) **アボリジニ**
オーストラリア大陸の先住民。イギリスの植民地化以降、トレス海峡諸島民とともに、オーストラリア国家の中で様々な差別的な扱いを受けてきた。現在はオーストラリアの総人口のうち、約2%を占める。

に小さな民族がたくさんいるというのも、私にとっては自然な成り行きだったんだと思います。でもね、そんな中でも、トロガイを書いていると、気分が、ぱーっと吹っ飛ぶの（笑）。

**佐藤**　あのおばあさんが登場すると、結構深刻な話も、すべて任せておけ！みたいに、明るい空気になって、ほんとに頼もしい。

**上橋**　飄々としていながら、「任しとかんかい！」みたいな。書いていても気持ちがよくてね。

**佐藤**　トロガイとかタンダとか、本当にいいキャラですよね。私は、『天と地』のラストシーンが好きで、すごく幸せな感じがする。

**上橋**　私も書いていて、そうだった。

**佐藤**　これだけ大きな話のラストが、こんなに、ふわっと終われるというのがすごく良かった。

**上橋**　今度、偕成社から『守り人のすべて』という〈守り人〉シリーズについてのガイドブックが出るんです。それに、「つれあい」になって一緒に暮すようになったバルサとタンダが、どんな暮らしをしているか、その一コマを描いた「春の光」という掌篇を書きました。そうか、私にとっては、バルサはタンダと一緒にいると、春の光の中に行けたような感覚があるんだなと、書いていて、しみじみ思いました。
　恋に関する部分って、子どもと大人で、読者の反応が違うところが面白いですよね。『神の守り人』で、バルサがタンダの唇の脇に口づけをするシーンがあるけれど、小学生にとっては衝撃的だったらしい（笑）。大人たちは「ふふうん、二人は……」と思うけど、中学一年ぐらいまでだと、キスをした、というシーンが、それまで本では出ていなかったのに、結ばれているという間柄が納得できなかったらしくて（笑）。

**佐藤**　なるほど。順番にこだわるんですね（笑）。

**上橋**　子どもたちはけっこう、ね（笑）。読者層は、皆さんも本当に広いでしょう。

**佐藤**　小学生から七〇代までですね。

**荻原**　同じですね。知っている最年少は小学四年男子、最年長は八〇代の女性ですね。

**上橋**　だから、同じ作品でも、子どもなりの楽しみ方と、大人の読み方もわかるので、作者としても面白いし勉強になりますよね。

**佐藤**　私も、主人公のカップルをちゃんと成立させないで終わらせたとき、「その後、二人はどうなったんですか？」という質問が多かったですね。ここまで書いたんだからわかるだろう、と思うけれど、シーンで書かないと納得してくれないのかな（笑）。

**上橋**　それは私も読みたいかも（笑）。とはいえ、ちゃんと書かないと察するのは難しい世代の読者はいるのだし、その世代には「つれあい」という言葉も難しいかもしれないけれど、バルサとタンダは夫婦になっているることが、わかる人にはわかってもらえる、『天と地』を書けたことは幸せでした。

## そして、「春」が来る

**荻原**　西洋占星術（せんせいじゅつ）の見方では、今、現行の天王星（てんのうせい）が完全に牡羊座（おひつじざ）に入ったところで、八四年ぶりの新しいサイクルの到来（とうらい）なんですよ。世界に新しい「春」が訪（おとず）れた、と言われています。まるでナユグみたいです。

**佐藤**　春って、言葉の響（ひび）きは明るいですよね。

**上橋**　変革のイメージなんでしょうね、きっと。でも、奇しくもこういう未曾有の時期と重なってしまったので、とても辛い気持ちです。

こういう時に、どういう言葉を伝えるべきかを考えますが、私たちにできることは、やはり、物語でしか表現できないことを書くことなんでしょう。

**佐藤**　それは、私たち三人の気持ちとして、絶対共通していることだと思う。

**上橋**　シンプルな「メッセージ」も他者が語りかけてくる声ですから、力を与えてくれるけれど、でも物語を読み、主人公と同化して、その物語世界を生き抜いてみると、自分の心の内側から、「強く生きていこう」と思えたりする。物語でしか伝えられない何かがあると思うんです。

**佐藤**　一〇人いれば一〇通りの受け取り方があるわけで、それをこちら側が一言で言ってしまうことはできない。

**上橋**　そうですよね。もし、自分が本当に辛い状況にあったら、ファンタジーなんか読みたくないって思うのだろうか、と考えてみたんです。多分、最初はそうでしょう。物語どころか、なにもかもが崩壊し、ただ茫然としてしまい、ひたすらに悲しく、何についてもネガティブにしか捉えられず、絶望という感覚の中に、しゃがんでしまうと思う。でも、少し時間が経って、もう一度生き直したいという気力がわずかにでも生まれた時期に、ファンタジーを読んだら、ファンタジーというものがもつ、「ほかの世界を想像し、そこに生きてしまえる力」が、独特の助けになるような気がするんです。そこで一生懸命生きて帰ってきたとき、「これしかない」と思っていた今の現実、行き止まりだ、と思っていたところに、別な可能性が見える。どんな状況の中でも、人は生きてきたんだな、と納得できる。他者がやってきたがんばりが、自分の心にも火を灯す。物語の中から戻ってくると、今の自分のいる場所が、それまでとは少し違う風景に見え、風を感じることができる。それが、物語の持つ大きな力のような気がしているのです。

**荻原**　私も、どういうつもりで書いているかと言われると一言では言えないのですが、「生きている方が面白い」ということを、ダイレクトに言っても絶対に虚しい。そうではなくて、なぜ生きている方が面白いのかを、具体的なシーンの肌触りで伝えないと何もわからないでしょう。

その肌触りを届けたいと思うのです。

**上橋**　本当にそうですよね。それは多分、私たち三人に共通していることだと思う。だからこそ、子どもにも読まれる意味があるのでしょうね。大人の文学では否定から発するものも多く、それはもちろん、深みを描ける。でも、あらゆる事象がすべて否定されていく虚無を思いながら、それでも、と肯定を書こうとすることは、また、凄まじく難しいことなのだと思う。それを真面目にやってみようと思ったのが、作家としてのスタートだったのだと、いまこうして話しながら気がつきました。

**佐藤**　日本人の多くは強い信仰心を持たず、なぜ生まれてきたかということに対して宗教的な回答を持ってないと思うのね。わからないまま生まれてきて生きていかなければならない。だけど、生きていると、やはりいいことあるよって、物語で言いたいみたいですね、自分。

**上橋**　しかも、決して絵空事でも主義主張でも教条でもない物語で、ね。

**荻原**　こうすれば幸せになる、というハウツーではなくて。

**上橋**　暮らしというものの、本来の姿から発しているものとして。

**荻原**　目の前の現実だけを直視していると、逃げ場がなくなるけど、人間の心の奥行きはもっと広いはずだし、もっと面白いものが出てくるはず。

**上橋**　肯定を必死に考えて物語を紡いでいるような感覚が、きっと、私たちの共通点なんでしょうね。

**佐藤**　そういう話の多くを、子どもの本として読んで、自分たちは育ってきた気がします。

**上橋**　まさにそうですね。子どもの頃、生きていることにプラスの意味を見出せないときに、サトクリフの歴史物を読んで、これほどの絶望の中に生きながら、それでも、明日を生きようとする姿が美しく見えた。自分もなんとか生きてみようと思えた。物語が与えてくれた力はすごく大きかった。子どもの本と言われているものの中には、そういう向き合い方をしているものがいっぱいあると思う。

**荻原**　一言も触れないから伝わることってありますよね。子どもの頃「君たちはどう生きるか」という直截な人生論が大嫌いだった。自分とは全く違う生き方や考え方が出てくるお話の中から、自分で受け取って構築するものだと思っていたのね。

**上橋**　一言で伝えられないものをこそ、私たちは物語で書いている。そして、今、私たちは目の前に、生きる、ということの恐ろしい困難さを見てしまっている。

**佐藤**　いっぺんに、いろいろなことを見つめざるを得なくなりましたよね。

**上橋**　そうですね。それでもきっと、この「いま」を心に置いて、私たちは、物語を書き続けるでしょう。それにしても、こうして顔を見て話すことができて本当に安心したし、すごく面白かった！　楽しい時間でした。どうもありがとうございました。これからも物語を描き続けることを確認して、締めとしましょう。

# II

# 物語を紡ぐ女神

## ——世界の襞へわけいる力

## 話の最初に――**荻原規子**

二度目の鼎談は二〇一三年、『ユリイカ』四月号の誌上で実現しました。〈守り人〉鼎談から二年が過ぎ、その間もプライベートに三人で会っていたので、鼎談からすっかり硬さが取れ、前よりくつろいだおしゃべりになっているのがはっきり読み取れます。

そうは言っても、有能な書き手のお二人のことですから、出てくる言葉も違います。『RDG レッドデータガール』完結記念だったため、この作品の感想をメインに語っていただきましたが、鋭い感性でつかみ取った他ではだれも触れていないことを、本人独特の巧みな表現で伝えてくれるので、感心してばかりでした。

書き手でなければ目を向けない方向へのまなざしがあり、その感受性を出し惜しみせずに教えてもらったことは、めったに得られない貴重な体験でした。もの書きといえども、他の作家が何をどう見ながら作品を書いているか、知る機会というのはあまりありません。そして、言われて大きくうなずくことが多いながらも、やはりその感覚は一人一人が異なるものだと気がつきます。

## 「ひとりの女の子」の物語

**編集部**　この度は、荻原規子さんの特集ということで、ふだんから親交の篤い上橋菜穂子さんと佐藤多佳子さんに鼎談をお願いいたしました。お三方は以前、上橋さんの文庫版『天と地の守り人』の巻末でお話しされていますが、今回は荻原さんの『RDG レッドデータガール』(25)(以下『RDG』)の完結&アニメ化を記念した特集ということで、まずは上橋さんと佐藤さんが『RDG』をどのようにお読みになったかということからお話しいただければと思います。

**佐藤**　『RDG』は、書き出す前から、荻原さんに構想を聞いていたん

(25)『RDG レッドデータガール』 荻原規子によるファンタジー小説。熊野古道、「玉倉神社」に住む主人公・泉水子と幼馴染の深行を中心とした物語。非常に強力な力を持つ「姫神」が憑依する女性の家系である泉水子は、田舎の中学を卒業し、東京で高校生活を送ることになる。泉水子と深行という二人の主人公が、学園に集められた修験道や陰陽道などの特殊な能力を持つ登場人物たちと共に、奇妙な冒険に満ちた学園生活を繰り広げる。

ですね。「学園ものを書きたい」という気持ちをずっと持っていて、でも、普通にリアルなものだと既に色々書かれているから、ファンタジーとして独自の物語にしたいと。それはすごく面白そうだなと思ったんです。それで、いざ着手して、最初の一巻を手がけているときに会ったら、ものすごく苦労していた。荻原さんとはお互いデビュー当時からの付き合いだけど、あの時が、一番苦しんでいたかもしれない。夜寝てても、不安でガバッと起きちゃうと聞いて、心配になったくらい。完結した今となっては、あの始まりの難産ぶりは信じられない（笑）。学園ものとして話が本格的に始まるのは二巻から、ただ、その前の話がどうしても必要で、ということで書かれたのが一巻だそうで、そうした構想を聞き、苦労を見ていただけに、ようやく本という形になって読めたときは、感慨深かったです。「そうか、こういう世界なのか！」やっぱり泉水子(26)ちゃんの印象が最初から強かったですね。設定としても、ただごとでない女の子なんだけど。

一巻を読んで感じたのは、これはすっごく大きな話になるんじゃないかなということ。いろんな要素があって、世界観が広いというか大きい

（26）**泉水子（鈴原泉水子）**
『RDG』の主人公の一人。両親の仕事の都合で、玉倉神社の宮司の祖父に育てられる。電子機器を取り扱うと壊してしまう特異体質。高校より東京の「鳳城学園」で学生生活を送る。姫神に時々憑依され、彼女を封印するために長い三つ編みをしている。

というか。その時に荻原さんは「三巻で終わる」って言ってたからびっくりしちゃって。

**上橋**　それで私が「ウッソだ〜、ありえない〜！」って言ったの（笑）。

**佐藤**　三〇巻の間違いじゃないの？って言ったんだけど、そう主張するのよね（笑）。

**荻原**　佐藤さんには、少なくとも一〇巻って宣言されて、「え〜？　やだ〜」って言ってたのよね。

**佐藤**　でも二巻、三巻と読み進めていくうちに、なんとなく荻原さんのつくっていく大きな世界観の、特に書きたいところが浮き上がってきたというか、だんだんこの物語のサイジングが理解できていったんですね。二巻から、いわゆる特殊能力を持つ子たちの学園ものの世界に入って、泉水子ちゃんの他にもいろんな子が出てくる。どんどん違う魅力が出てくる。これまで荻原さんは、日本の古代を扱った本格派のファンタジーを書きつつ現代の高校生のお話も書いていたりと、いろいろな作風があるんだけど、『ＲＤＧ』はいまのリアルな高校生を描きつつ、なおかつ日本の歴史的、民俗的な古来の力——山伏（やまぶし）であるとか陰陽師（おんみょうじ）であるとか――を融合させている。これ、そんなに簡単なことではないんです。一歩間違うと、どちらのリアルさも失われてしまいがちなものを、ちゃんといまを生きる高校生の話としても、不思議な世界を描くものとしても、リアルに描いて、絶妙なバランスで融合させてるのがすごい。

**上橋**　私の第一印象としては、あ、『ＲＤＧ』って荻原さんの本質がよく表れているって思ったんですよ。〈勾玉〉シリーズ[27]にあるような、日本の深層文化に共鳴する荻原さんが持っている感覚が、『ＲＤＧ』で、より明確になったというか。〈勾玉〉シリーズは、主人公自身も古代にいるわけだから、いわば、彼女ら全員が日本の深層文化のイメージそのものだけど、『ＲＤＧ』は主人公も周りのひとたちも、みんな現代にいるので、「そうか、現代の私たちの中にもこの共鳴は生きているんだ」っていうことがすごくはっきりとわかる書き方になっている。

そこがまず印象的だったのと、もうひとつは荻原さんの文章の美しさに驚いた。というか、あらためてそれを感じたんだけど、歳を重ねて、さらに文章に落ち着きが出てきて、いよいよ美しくなってることに驚いたんだよね。昔のリズムがトントントントン……だとしたら、いまはト



**(27)〈勾玉〉シリーズ**　荻原規子による、日本神話を下敷きにしたファンタジー小説シリーズ。『空色勾玉』・『白鳥異伝』・『薄紅天女』と合わせて、このように称される。『空色勾玉』については、註（11）を参照。『白鳥異伝』はヤマトタケル伝説を、『薄紅天女』は更級日記などをモチーフに描かれている。

ン、トン、トンって少しゆっくりになっているんだけど、このゆっくりしたリズムが『ＲＤＧ』をすごく落ち着いたお話にしていて、私はとても好きですね。

**佐藤**　読んでると気持ちがよくなるよね。

**上橋**　そうそう、「あ、これは荻原さんの新しいリズムになったかも」って思った。

**佐藤**　私はやっぱり主人公が泉水子ちゃんであるっていうのが大きいと思うな。泉水子ちゃんの持ってる独特のテンポ感が作品中にいい感じに流れていて、読むと癒(いや)される。

**上橋**　私が荻原さんを知っているから余計にそう思うのかもしれないけど、そのテンポが荻原さんとすごく重なるんですよ。

**佐藤**　実は泉水子ちゃんと似てる。

**荻原**　よく言われるんだけど、私にはわかんないよ（笑）。

**佐藤**　口調とか何気ない反応とか、すっごく似てると思うよ（笑）。

**上橋**　『ＲＤＧ』の世界の中にいると、荻原さんとつい長々としゃべっちゃう、あの感じになるよね。

あと思ったのは、『天と地の守り人』の巻末鼎談の時に荻原さんが言ったことがずっと頭の中に響いてて、『RDG』を読むとすごくヴィヴィッドに「あ、このことを言ってたんだ！」って気がするんです。私にとってファンタジーは「他」であり「多」なんですね。自分とその外の世界の関わりがあり、そしてもうひとつそこで自分に関わってくる有象無象の「多」があるって言ったら、荻原さんが「たぶん、根本的な部分は上橋さんと同じ考え方なんだと思います。ただ、私の作品の場合は、一人の人格の中で起きている」と言ったんです。続けて「この宇宙はカオスでできているけど、その中に、コスモスという、初めがあって終わりがある整合性をつけた世界が欲しくて、お話を考えているという気がしています。負い切れない力を負ってしまって四苦八苦する主人公というのは、ある意味、誰もが子供から大人になるときに経験していること。自我よりも大きなものを手に入れようとして、足掻くときが必ずある。けれど、それは、みんながやっていることだよ、ということを書いているのかもしれない」とおっしゃったんですけど、荻原さんはたぶん、『RDG』では、まさに、「ひとりの女の子」のことを書いているんですよね。潔いぐらいに最初から最後まで泉水子の物語を書いている。だけど彼女の内側から目に見えない何か、神話的な世界がどんどん広がっていって、このお話にどうやって収拾をつけるんだろうって思ったら、最後見事に彼女の中にすうっと還っていくでしょ。

**佐藤**　泉水子ちゃんが全部回収したよね。彼女の力技だった（笑）。

**上橋**　そうそう。あれが荻原さんのファンタジーの本質だなと思ったの。ひとりの女の子をリアルに描きながら、その中から世界は広がっていって神話的な宇宙を垣間見せてくれて、でもやはり彼女の物語なんだって感じさせてくれる。それが私にとっての『RDG』かな。だから最後、拍手しちゃった。深行偉いぞ、とも思ったけど（笑）。

**荻原**　〈守り人〉鼎談のことを言っていただけたので、そういえばって、すごく思い出すんだけど、あの鼎談の収録は3・11の直後でしたよね。三月一二日が鼎談の予定日だったのが前日に地震が起きて、延期して四月一日に収録することになった。まだショックが残ったままの時期にいろいろと話したので、やっぱり思うこともたくさんあったよね。あの鼎談の時に、「物語というのは、水や食料みたいに直接的な支援にならな



**(28) 深行（相楽深行）**　『RDG』の主人公の一人。泉水子の幼馴染で山伏の家系。父・雪政と共に玉倉神社で暮らしたこともある。雪政の差配で無理矢理転校させられ、当初はその原因となった泉水子を敵視していた。容姿端麗で成績も優秀。「姫神」の存在を知る数少ない存在。

いけれども……」みたいな話になって、その時に思ったことが、今回の終わり方のどこかに紛れ込んでいる気がした。「希望というものを、私たちは物語でしか語れないね」という話をしていたので、それを語らなきゃって、たぶんあのとき思ったんですよ。私はイメージ優先でお話を作っていくから、自覚しないうちに取り込んで六巻のああいう終わり方に繋がったんだという気がします。

**上橋**　なんか、その言葉を聞けただけで、ものすごく嬉しいです。

「こういう技があったか！」

**編集部**　ちなみに、「当初三巻」と言われていたものがなぜ六巻になったのでしょうか。

**荻原**　「銀のさじ」というファンタジーレーベルは、ひとりの編集者が「自分のやりたいことをやりたい！」と立ち上げてくれた新規のレーベルだったので、きっと試験的だから、私は密かに一巻を出して評判にならなかったら次を出せないと思っていたんですよ。

**佐藤**　一巻は「一巻」って銘打ってなかったものね。

**荻原**　だから様子見で、何巻までとか、どこまで行って終わる話というのをあまり固めずに、コンパクトにまとめようと思えばまとめられるぐらいの設定で考えていて、一巻はあれで、二巻で学園内のことをやって、三巻で学園祭ぐらいの気分で書き始めたんです。

**佐藤**　じゃあ真響(29)さんとか宗田三姉弟の話まで広がる話ではなかったんだ。

**荻原**　そう。二巻ぐらいまではかなり様子見で、これが売れるならって思いだったんだけど、二巻が書けたときに初めてこの先も行けそうだと思って、三巻で思い切って「夏休み」を入れたのね。だから、あれはあとづけの設定で、じゃあ真響たちの背景をもうちょっと書いちゃえ、というのが膨らんでいった。

**佐藤**　そんな重要な部分があとづけってことにびっくりした（笑）。

**荻原**　あそこで広げた部分がのちにはずいぶん大きくて、真澄(30)くんが最後まで活きてくれたよね。

**上橋**　あの三姉弟がいてくれたおかげで、なるほどこの世界における神



**(29) 真響（宗田真響）**
『RDG』の登場人物。三つ子である宗田三姉弟の長女。「鳳城学園」の寮での泉水子のルームメイト。忍者の家系で、弟の真夏と共に真澄を呼び出すなど先祖返りの力を持つ。サバサバとした性格で、ファンクラブがあるほど男女ともに人気。

**(30) 真澄（宗田真澄）**
『RDG』の登場人物。宗田三姉弟の真ん中で、六歳で心不全により亡くなっているが、真響と真夏によって呼び出されると現れる。本来は真夏にそっくりだが、外見を女の子にしたりと、見た目を自由に変えられる。その正体は戸隠の神霊。

霊っていうものなんだっていうのがすごくはっきりとわかった。なにより私はあの三姉弟が好きだから、いてくれなかったら辛い（笑）。

**佐藤**　やっぱり学園ものを書く上で、他の登場人物たちが泉水子ちゃんとはまた違う事情で動いている、違う世界がそれぞれあるというのが良かったよね。高柳(31)くんにしろ、バックにはどんと陰陽師の世界があるわけで。

**上橋**　高柳くん、どんどんキャラ立ちしていったよね（笑）。

**佐藤**　やっぱりほかの子たちの世界がきちんと語られていることによって、あの「異能集団」がひしめく特殊な学園も、この物語自体も、よりリアルになっていくよね。ただ単に物語世界が広がったっていうだけじゃなくて、荻原さんが本当にやりたかったことが、宗田姉弟のエピソードを書いたことによってできているという気はするな。

**荻原**　真響、真夏、真澄の三姉弟は、主人公になれるくらいちゃんといろんな要素を持っていて、単なる脇役じゃない子にしたかったんだよね。完全な助力者になってくれないひとたちが書きたかったの。

**佐藤**　それぞれの事情があって主張もあるからね。



**(31) 高柳（高柳一条）**　『RDG』の登場人物。陰陽師の家系の御曹司で式神を操ることができる。真響と世界遺産候補を争って、互いに反目している。泉水子を襲ったことによって、失敗して怒りを買い、白い犬の姿に変えられてしまう。

**荻原**　特に真響は、自分の事情を優先するみたいなところがあるから、決して泉水子の単純な協力者になるわけじゃない。そういうルームメイトっていう設定だったので。

**佐藤**　深行くんなんか、襲われるしね（笑）。あれにはちょっとびっくりした。

**上橋**　ひとりひとりのキャラクターに命が宿ったなって感じがあって、そうなった時って、彼らが、勝手に、ぶわーんってドライブかけて動き出しちゃうじゃない。それで物語が少しずつ違う方向に動いていくんだけど、それが書き手の考えてる少し斜め上に動いていく感覚っていうのが、物語を面白くする気がするのね。最初考えていたこととは違うところへ連れていってくれる。

**佐藤**　作者の予想を裏切りながら進んでいくもののほうが絶対面白いんだよね。

**上橋**　実際に書いてみてわかることかもしれないけど、物語って、すべてがこちらの思うように動いてくれるわけじゃないんだよね。

**荻原**　予想どおりのセリフを言われると、「あ、つまんない！」って思っちゃう。飽きて自分が嫌になっちゃうから、書き手も驚かせてくれないと、いつまでも辛抱強く同じ話を書いてられないよね。

**上橋**　そうそう。「あ、物語が自分から動き出してる」って、二巻で真夏たちが出てきたあたりで感じたんですよ。そのへんから「これ、三巻じゃ終わらないだろ～」って思った（笑）。

**佐藤**　それぞれの魅力的な子たちをもっと詳細に書いていったら、それこそ何十巻でも書ける話だし、一読者としては読みたかったというのはあるんだけど、さっき上橋さんが言ったように、『ＲＤＧ』は泉水子ちゃんの物語で、だからこそ六巻で非常にきれいに終わったとも思うよね。でも、五巻読んだ時に、正直どうやってこれを終わらすのかわからなかった（笑）。

**上橋**　私も（笑）。それで六巻を読んで、こういう技があったか！っていう。見事に一本貫いて、泉水子の物語だって印象付けたよね。あんなにおとなしい子なのに、周りの世界を全部引きずり込んじゃうし、それでこっちも納得しちゃうんだから、やっぱり荻原さんはすごい。

**佐藤**　上橋さんとも話してたんだけど、深行くんとどうくっつけるんだろうっていうのがずっと気になってたんだよね。もうこれは無理だろうって思ってたのが最後、ヤラレター！って（笑）。

**上橋** おばさん連中の感想としては、二人がどうくっつくのかが気になっていたと（笑）。

あと、やっぱり高柳くんがどんどん面白くなっていったよね。傍（はた）から見ると、いつまでたっても彼は中心から外れているのに、自分の世界が閉じているので「僕は素晴らしいんだ」っていうままでいられる。

**佐藤** あれだけやっつけられても凹（へこ）まない。

**上橋** そしてたしかに彼の視点で考えると別の世界が見えてきて、そこがまたいいよね。陰陽師の視点で眺めれば、泉水子たちから見た世界とはまた違う、首尾一貫（しゅびいっかん）した理屈の中で、一連の出来事すべてを解釈してしまえる。あの高柳くんの書き方は荻原さんすごい！と思った。

**荻原** あれはね、自分でも情が移った（笑）。

**上橋** やっぱり！（笑）

**佐藤** 犬にしちゃったのは書いてるうちに？

**荻原** あれはいきなり思いついたの。

**佐藤**　気がついたら犬になってたみたいな。作者に愛されるのも災難だよね（笑）。

## 唯一の正解の道を辿る奇跡

**上橋**　でも、修験道（しゅげんどう）にしろ陰陽師にしろ、ひとつひとつ深くやろうとするとものすごく難しいじゃない？

**荻原**　どこまで書いていいかわからないんだよね。自分自身がそこまで勉強できているのかとも思うし。

**上橋**　一歩踏み出してしまえばふかーい世界だから、そっちへ行っちゃうと、それこそ一〇〇巻かけたって書ききれるかどうかわからない。いつも荻原さんどうするんだろうって思うんだけど、ものすごいバランス感覚でまとめちゃうんだよね。

**佐藤**　いつだって沼の中の飛び石を落ちずに渡りきっちゃう。

**上橋**　そうそうそう！　渡り終えたのを見て「落ちなかったよ……」って思うんだよ（笑）。それも、私だったらソロソロといくところを、荻原さんの場合は「うん、いけちゃったの」ってけろっと言いそうな感じがして。このバランス感覚は、ほんとに荻原さんならではだよね。

**荻原**　自分でもきわどいなとはいつも思っているのよ。

**佐藤**　『RDG』を普通に読者として読んでしまうと、「一歩間違ったら」っていうことは誰も思わないだろうし、書き手側の穿った見方で申し訳ないと思うんだけど、みんなが思っている以上にすごい危険を孕んでいる中を、唯一の正解の道を辿る奇跡くらいの感じがあるってことを言っておきたいというのはある。読者の方は知ってなくてもいいことかもしれないけど。

**上橋**　でも、そこを読み取られず誤解されたら残念というのはあるよね。二、三巻ぐらいからそういう気持ちが強くなってきた。たとえば熊野とか修験道とか陰陽師って、みんなが萌えたくなるカードだよね。ただ、それをカードそのままに読んでしまうと、この作品の一面しか理解できなくて、すごくもったいないと思うの。その萌え要素のカードを出しながら、荻原さんがやった技を見て欲しい。すごく変な言い方だけど、そうとしか言いようがないの。

『西の善き魔女』(32)にしても、「秘密の花園」(33)とか「闇の左手」(34)とか「これって挑戦状かい?」ってぐらいのサブタイトルをガンガン出すわけじゃない? 荻原さんは昔話やファンタジーの中で、「私たちが昔好きだったんだよ、これ」っていう、そのもので、自分の物語をつくってみせるひとなんですよ。この技が見えて初めて、そういうことだったのか……って思うことがある。その荻原さんの余人をもって代え難い特質を、今回『RDG』を読んであらためて感じさせられた。

**荻原** 読者の方がどう読むかは自由なので、単にライトノベルとして、「絵が可愛い!」って読んでくれても別にいいかなって思うんだよね。

**上橋** もちろんそのとおりなんだけど、一ファンとしてはライトノベル的な見かけの向こう側にもっと深く突き抜けたものがあるんだよっていうことをわかって欲しい。

**佐藤** 出してくる要素にすごく華があるから、そこだけにパッと萌えて終わってしまうのはもったいない。もっとぐっと引きこまれていく深みがあるんだから、そこも見て欲しいよね。

**上橋** ほんとに。それとね、荻原さんってすごく強いひとだなあって思

**(32)『西の善き魔女』**
荻原規子のファンタジー小説シリーズ。女王制の国グラールの田舎で育った少女フィリエルは幼なじみの少年ルーンから青い石のペンダントを手渡され、これをきっかけに自身が女王の血筋であることが判明する。異端研究をしている父親がある日失踪し、ルーンは何者かに襲われ、グラールの闇に二人は巻き込まれていく。

**(33)「秘密の花園」**
『西の善き魔女』2巻のサブタイトル。また、一九一一年に発表されたイギリス出身のアメリカ人小説家、F・H・バーネットによる同名

うのよ。「強い」って言い方がすごく難しいんだけど、いわゆる武術的な強さではなくて、泉水子の強さに似てる。自分で「引っ込み思案なんだよ、私」って言って、それは実際にそうなのかもしれないけれど、奥のほうに行くと、絶対にぶれない強い芯が彼女にはあるでしょ？ 荻原さんもまったく一緒で、他者からどう思われようとぶれない芯がある。人間ってやっぱり、ひとがこう思うかな、ああ思うかなって考えてしまう部分があるんだけど、私はこれが好きだからっていう、その「好きだ」っていうことに対してものすごく純粋に向き合って書いているなぁと思うの。

**佐藤**　芯の強い女性主人公って、物語の中にたくさん出てくるけれども、泉水子ちゃんって一見そういうタイプとは違って終始わたわたしてるじゃない？ 自分が強いとはカケラも思ってない。どうしようどうしようって思って、けっこういろんなことに引きずられたり、右往左往してるように見えるんだけれど、実はまっすぐ歩いてるんだよね。

**上橋**　誤解を招く言い方かもしれないけど、それって、女の子が持ってるとっても魅力的な、良いところだと思う。

の作品は、植民地を広げる大英帝国を舞台に、養子に出されたメアリーと、その家の花園を話題の主軸として物語が展開する。

**(34)「闇の左手」**　『西の善き魔女』5巻のサブタイトル。また、一九六九年に発表されたル＝グウィンによる同名のSF作品は、宇宙連合エクーメンと、「冬」と呼ばれる両性具有の社会とが外交関係を開くまでを描く。

**佐藤**　泉水子ちゃんの強さは男の子にはないもので、でも逆に泉水子ちゃんがわたわたしているときは深行くんにどつきまわされて怒られて守られて、結局ふたりでなんとかしちゃうっていう、あのコンビがいいよね。

**上橋**　深行くんってのは、またすっごく男の子なんだよね。

**荻原**　なんでもうまくこなしてそうで、じつは見えてないことがけっこういっぱいある。

**上橋**　本人が、自分が見えてないとは思ってないことも含めてね（笑）。

**佐藤**　まあ、現実問題として深行くんが助けてるところも少なからずあるけどね。

**上橋**　そうだよね。現実的に泉水子ちゃんができないことを深行くんはちゃんとやってくれて、深行くんが見えていないところは、自然と泉水子ちゃんがカバーしてくれるって関係がある。

**佐藤**　そのことに深行くんが途中から気づいていくよね。その感じがすごくいいんだよ。そのへんからきっと彼も惚れてるんだよね。

**上橋**　そうそう。あいつは俺の手の中だなって思ってる時にはまだ大丈

夫なんだけど、あれ、俺の手の中から出ちゃったよ、オタオタ……って
いうところから、だんだん自分の気持ちに気づいていく。しょうがない
な、男って（笑）。

荻原さんって自分のキャラクターで時々遊ぶよね。それも好きなんだ
よなあ。

**荻原**　けっこう遊んでる気はする（笑）。

**上橋**　ここで犬にするかぁ！とか、ここでお姫様状態にするのかぁ！と
か、おいしいじゃないか、チクショー！って（笑）。そういう展開をす
るっとやってくれるあたり、ほんとに好きなんだ。

**佐藤**　文化祭も、ここまでやってくれるかってくらいに派手にやったも
んね。変な話だけど、あれを現実問題として、いくらなんでもここまで
お金かけられないだろうなって、ついつい思っちゃったんだけど、そう
いうことを書くときに考えた？

**荻原**　考えたよ。最終的には、変な学校だし理事長も変な学校だからい
いやってやっちゃったけど、現実にはありえないよね。

**佐藤**　私だったら鎧（よろい）のレンタルの値段調べて、「うわ！　高い、無

理?」ってあきらめちゃうな（笑）。

**上橋**　私も現実の整合性が気になっちゃってできないだろうな。そこを「えいや!」って飛び越えて、かつ変な理事長とかの存在で納得させちゃうのが荻原さんのすごさ。

**荻原**　実は私も鎧の値段を一個だけ見て——前田利家（まえだとしいえ）の甲冑（かっちゅう）だったんだけど——、うーん見なかったことにしようと思ったの（笑）。

**佐藤**　まあ、あの不思議な成り立ちの学園を堂々とつくっちゃった時点で、どんな展開もありだと思う。むしろ、どんどんやって、という。

**上橋**　そこがひっかかっちゃう物語っていうのは、物語全体のリズムとそれが合ってないんだよね。破綻（はたん）してるのに無理やりやられちゃうとこっちが醒（さ）めるんだけど、さっきの修験道しかり陰陽師しかり、さまざまある設定に対して等距離を保って、このことにはここまでしか踏み込まないよっていう荻原さんのリズムが最初から最後まで乱れてないので、絵画にたとえると全体の均整が取れているんだよね。だからあの理事長はあれでいいし、深行の父ちゃんがヘリコプターで来ようが、「あ、この世界の色だな」って思える。

**上橋**　そう言えば、『ＲＤＧ』を読んでから八王子(はちおうじ)が妙に怖くなったんだけど。荻原さんって時々妙に怖いことを書くじゃない？　ホラーだと最初から身構えて読めるけど、荻原さんのは突然怖くなるから、不意打ちされる。私、じつは文化祭の前にみんなで先に一回行ってみたっていうところがすごく怖かった。

**佐藤**　あそこ、怖かったよね。

**上橋**　それと繫がるんだけど、荻原さんは異界の書き方がすごい。『ＲＤＧ』の文章の美しさとして自然の描写が美しいのがあるんだけど、それがそのまま日本の異界ってこうだよなっていう表現に繫がっている。たとえば『ハリー・ポッター』(35)だったら、現実世界と同じ駅のホームに「９¾」番線っていう異界への入口がある――みんなが納得できるいい設定だと思うんだけど、荻原さんの場合は、わかりやすく異界の入口があるんじゃなくて、この世に異界もそうじゃないのも併(あわ)せてたくさんの



**(35)『ハリー・ポッター』**　イギリスの児童文学者・ファンタジー作家であるＪ・Ｋ・ローリングによる作品シリーズ。一九九〇年代のイギリスを舞台に、魔法使いの少年ハリーを主人公に、ロンやハーマイオニーといった個性的な友人たちとの学園生活を描く。ハリーの両親を殺害した強大な闇の魔法使い・ヴォルデモートと、不思議な因縁をもつハリーが対決する。

襞(ひだ)があるとして、舞を舞ってる瞬間に襞に入るようにして、そこにすっと隠れるような感じ。このときは見えてたのに、襞がずれたとたんに別の風景になるように異界に入っていく。あの感覚ってすごく日本的だと思うんだよね。じつは私も『狐笛(こてき)のかなた』(36)でやったんだけど。

**荻原**　私も『狐笛のかなた』を読んで「わかる気がする、これ」って思ったよ。陰陽道に「反閇(へんばい)」(37)っていうのがあって、ステップで悪霊払いとかお清めができるっていう、あの発想だよね。

**上橋**　そうそう! 『狐笛のかなた』でも久那(くな)っていう呪術師に、反閇に近いことをさせているんだけど、異界って、たとえば、いつもはこの道を通っているのに、今日は別の道を通ってみたら異界に行ってしまった、というような、そんな繋がり方をしている感覚があるの。反閇は人工的にその状態を生みだして、通路をつくっているような気がする。いつものステップでない足の踏み方をしたときに別の空間が現れる。

外国のファンタジーでそういうものってあんまり見たことないような気がして、日本的な感覚なのかなって。

しかも、山の匂いがするんだよね。荻原さんのを読んでると、木の匂



**(36)『狐笛のかなた』**
上橋菜穂子が書いた物語。〈聞き耳〉の才を持つ主人公・小夜が、呪者に使い魔にされた狐を助ける。この狐はこの世と神の世のあわいに住む霊狐・野火であった。二人は隣り合う二つの領地に潜む憎しみの渦に巻き込まれていく。

**(37)反閇**
陰陽道の呪法の一つ。陰陽師が邪気を払い除くため呪文を唱え大地を踏みしめ、千鳥足に歩む。平安朝以来天皇・将軍など貴族の外出にあたって多く行われ、悪い方角を踏み破る意味がある。日本芸能の足使いとしても取り入れられている。

いがする。それも熊野の匂いは熊野の匂いだし、戸隠の匂いは戸隠の匂いだし、ちゃんと熊野と戸隠の匂いが違ってるんだよね。自然を頭の中で描いて書いてると同じような匂いになってしまうんだけど、読んでる人に違う匂いを感じさせるのはすごいと思った。

**荻原**　戸隠は、三巻を書く前に、ひと夏に三回ぐらい行ってきました。

**編集部**　戸隠で取材されたことは活かされましたか？

**荻原**　層のことを思いついたのは戸隠に行ったからですね。戸隠の歴史を調べると、最初は行者が寺を建てたけど、そこは地元のひとたちが土地神、つまり九頭龍大神を祀った場所で、それを封じ込めるためだったのね。それから、修験道の霊場としてすごく栄えた後に、戦国時代の戦乱で廃れて、神社だけが残ったという経緯がある。時代時代で地層ができていると思って、九頭竜の神様のところまで行くには、その層を降りていけばいいというイメージが浮かんで、泉水子が降りていくシーンになった。戸隠の「戸」は天岩戸の「戸」だから、アメノウズメで岩戸の前の舞だよねっていうのも、ずるずる芋づる式に浮かんできました。

**上橋** それで言うと、私ずっと感じてるんだけど、荻原さんの物語の中にはいつも女神(めがみ)がいるよね。

**荻原** そうか、たしかにそういう気はするね。

**上橋** すごく大きいものとして女神がいて、女神と向き合う存在として、ひとりの女の子がいる。この二つが同じもののように見えながら違う二つとしてあって、それが常に動いているのね。〈勾玉〉シリーズは女神と狭也(さや)[38]がいて、『西の善き魔女』も女神とフィリエル[39]がいる。今回の『RDG』でも、姫神(ひめがみ)と泉水子は同じものでありながら、違ってるんだよね。泉水子がとても少女である部分が、姫神が持ち得ない何かであるような感覚があって。人間と神だし、自然と人間だし、個と大きなものなんだけど、最終的には「ひとりの少女」が非常に尊いというのがあって、そこが好きなんだな。

**佐藤** 泉水子ちゃんが姫神に焼きもちを焼くところが私はすごく好き。深行くんとデートしやがって!って。身体は自分なのにね(笑)。

**上橋** 女の気持ちとしては許せないよね。いちばん美味(おい)しいところを持っていきやがって!って(笑)。



**(38) 狭也**
『空色勾玉』の主人公。輝(かぐ)を愛する少女だが、闇(くら)の女神に仕える巫女姫「水の乙女」の生まれ変わりであることが発覚。輝の月代王に見い出されつつも、宮での生活が息苦しくなってしまう。心の支えであった少年・鳥彦を助け出そうとして、悪夢で見ていた巫女姫と現実世界で出会う。

**(39) フィリエル(フィリエル・ディー)**
〈西の善き魔女〉シリーズの主人公。赤金の髪と琥珀色の瞳が特徴。グラール女王国の辺境地セラフィールドで、異端研究をしている

**佐藤**　こわいとかよりもまずジェラシーありきでかわいいよね。

**上橋**　でも許せないって言われても……っていう深行の気持ちもわかる（笑）。

**佐藤**　お前を元に戻すのにこっちは苦労したんだってね。あそこらへんのシーンがこの話のキモだなって思うのは、深行くんは最初から姫神が出てきたところでもうひたすら早く泉水子を元に戻そうとしていて、全然姫神と一緒にいたがってないんだよね。興味はあるけど、出てきたらとにかく泉水子帰って来い帰って来いって。

**上橋**　いまふっと思いついたんだけど、男性中心の宗教って神様を鎮(しず)める方向に回るけど、女って呼び出す気がする。巫女(みこ)も呼び出す側だし、男の方は秩序ある方向に戻したがって、見なかったことにしてふたをしようとするような。女がわーっとなっちゃった時に男の人が、一生懸命なだめようとする、そういう感覚に近いのかもしれないけど（笑）。

**荻原**　さっき上橋さんに「女神がいる」って言われて、そうかって初めて自覚したんですけど（笑）、たしか修験道に興味を持った理由がすでに、修験道は基本的に女人禁制(にょにんきんせい)でいまだに禁足地(きんそくち)があるくらいなのに、なぜ

父親の弟子・少年ルーンと姉弟のように育ってきた。ある日、女王の血筋であることが知らされ、自らも女王の後継者争いに巻き込まれていく。

か根本には女神がいるよねって気づきからだったんですよ。

**上橋**　それ！　本当に興味をそそられるよね。私、大学院の修士（しゅうし）課程の頃はずっと女性忌避（きひ）のことを研究してて、お産（さん）やその他でなぜ女性忌避があるのかを調べてたの。「産む」という、ある意味もっとも人にとって大切なことに、なぜ穢（けが）れという意識が生じるのかを考えてたのだけど、面白かったのは女人禁制になっている場所で、神霊が女神、というケースがある。山の神が女神である場合、あるんですよね。マタギが山に入る時は奥さんにしばらく触れないでから入らなければいけないとか。男性が命を賭けて向き合う職場を守ってくださる神は、女神が多い気がして。

**佐藤**　女神の山だから、人間の女性をいやがるわけだよね。

**上橋**　そうそう。海の方でも船霊（ふなだま）さまとして船主（ふなぬし）の奥さんの髪の毛を入れてたりしていて。男の職場で女人禁制になっているところって、彼らが崇（あが）めている対象が女神だから、ということもあるかもしれない。

**荻原**　生身（なまみ）の女のひとがいると紛らわしくなる。純粋な女性性を崇めるからこそ女がいちゃいけないってことだよね。

**上橋**　面白いのは、女神が決してきれいな女ではない場合があるってことで。山の神は、オコゼを持っていくと喜ぶって言われてて、あなたのほうが美しいですよっていうことなんだよね。それが女心だって思っている男も、なんとも良いなぁ、と思うけど（笑）。でも、一方に抜きがたい畏れもある。守護してくださる存在であり、怒らせればとんでもないことになる存在でもある。まさに、なにかを象徴してますなぁ（笑）。

**荻原**　一言主神(40)って、実は女神なのかなあ?って初めて思っちゃった。顔が醜いんで、夜しか橋を造らなかったって役行者の話に出てくるんだけど、もしかしたら女神なのかもね。

**上橋**　えー、それはまた怖い発想だなあ。荻原さんはいきなり怖い領域に入るから油断できない（笑）。

**佐藤**　でも紙一重だよね。一枚剝くと怖いっていう。さっきも言ったけど、荻原さんの話ってふつうに読んでてそんなに怖い話じゃないけど、一枚剝くと怖い要素がそこにあるっていうのに似てる。

**上橋**　そういう女神の紙一重なところにすごく共鳴してて、ふっと怖い面が見えたりするところが荻原さんの怖さであり魅力だよね。



**(40) 一言主神**
日本の神。大国主命（オオクニヌシノミコト）の御子神・事代主命（コトシロヌシノミコト）と同一神であるとされ、「託宣神」とも言われる。『古事記』、『日本書紀』などに登場。能の『葛城』では女神とされている。

**佐藤**　そういう恐怖の感覚ってすごく大事で、それが鈍くなってしまうと人間として危ないと思うのね。変な言い方だけど、若いひとはこういう本をどんどん読んで、その感覚を磨いて欲しい（笑）。

## 抑制と跳躍

**上橋**　荻原さんの物語って、やっぱり女性的なものがキーワードかもしれないな。と言っても、簡単にジェンダー論で論じられたらいやだけど。そういう簡単にカテゴリーに入れて割り切れるものじゃなくて、もっと広くてダイナミックな女性性があると思う。

**荻原**　ファンタジーって物事の基本が出てきちゃうから、女性性とか男性性とかがみんな象徴として出てくるので、どうしてもそういう枠組で語られがちなんだよね。

**上橋**　象徴だから、すごく印象的に見えてつい分類してしまうけれど、本当はもっと深いものを孕んでいるのになって。

**荻原**　論で割り切れないからこそ物語を書いているのにね。

**上橋**　そうそう。論文で言えることだったら論文を書くよって（笑）。口に出して言うと印象が変わってしまうことを、物語全体を通してなら伝えられるのかもと思うことがあって、人間が持っているコミュニケーションの手段として「物語」ってすごく大切だし、不思議なものだなと。もし、これを私たちが持っていなかったらもっと困ったことになってただろうから、ありがたさを感じる。

**編集部**　上橋さんが言われた「荻原さんの物語の中にはいつも女神がいる」というのはすごく納得のいく話で、『これは王国のかぎ』[41]でシェエラザードが出てくるシーンを思い出しました。シェエラザードは神ではないですけど、荻原さんの女神が語り手的存在としてあることとの象徴的なシーンだと思うんです。また、メタな空間＝異界に前触れなく出てしまうことの微妙な怖さを含め、荻原さんの核が凝縮されています。

ちょっと話を戻しますが、書き手として荻原さんの飛び石の飛び方がすごいという話がありましたが、具体的にこのシーンやプロットが、という部分はありますか？

**上橋**　具体的にこれ、というより、すべて、かなぁ。というか繰り返し



（41）**『これは王国のかぎ』**　荻原規子によるファンタジー小説。主人公の中学生・ひろみが、ある日突然アラビアンナイトの世界に飛び込み、魔神族（ジン）として見知らぬ少年と砂漠を冒険する。

になるけど、完結させるのに何十巻もかかるんじゃない、これ?という大きな話を六巻で見事にたたんでみせる、その飛び石の飛び方なんですよ。

**佐藤** 修験道や陰陽師、忍者の世界といったことについて荻原さんは多くの知識を持っているので、語ろうと思えばいくらでも語れるし、そこから派生するエピソードもいくらでも作れると思うんです。でも『RDG』は、そこを極力抑制して成立させている。それは荻原さんが何を語るべきで、何を語らないべきかという見極めがしっかりできているからなんだよね。知らないから語れないことと知っていて語らないことの差ってすごくあって、後者だからこそバランスのよさを感じるんだと思う。

**上橋** 物語って語られたことだけじゃなくて語られなかったことを感じたときに、初めてその世界が見えることがある。

**佐藤** 全六巻の話の外側に、たとえば修験道や陰陽師たちが抱えてきたすごく大きな物語があるわけで、当然読んでいてそれを感じるんだけど、あえて語らない。これは書き手だから余計に感じることなのかもしれないけど、このあえて書かないってのは難しいんだよね。つい書きたくなっちゃうから。

**上橋**　わかるわかる（笑）。そこをぐっと我慢して余韻（よいん）を残すようにすると、実際に書いた場合よりもはるかに遠いところまで届くことがあるんだよね。私もつい書きたくなっちゃうんだけど、荻原さんはしっかり止めている。

**佐藤**　たとえば深行と雪政（ゆきまさ）(42)の関係だって、もっとエピソードを書いて掘り下げることはできたと思うし、荻原さんの頭の中には当然あるだろうけど、やっぱり泉水子の物語という軸があるので、あえて書かない。

**上橋**　私は雪政と泉水子の両親の三角関係が読みたかったなあ。

**荻原**　それはけっこう読者の方からも要望がありますね。

**上橋**　でしょー（笑）。

**荻原**　でも、わりとシビアな話になっちゃうと思うので、本篇とのギャップが出ちゃうんだよね。

**上橋**　最後のお母さん（紫子（ゆかりこ））のセリフとかシビアだもんね。雪政にかける言葉が夫へのそれとぜんぜん違ってて、「なんなんだ、この三角関

(42) **雪政（相楽雪政）**　『ＲＤＧ』の登場人物。深行の父で同じく山伏。泉水子の両親とは昔からの友人。見た目が若く美男子で、謎も多い人物。泉水子と深行が「鳳城学園」に進学後、学校の非常勤講師となる。泉水子をめぐって、深行とも時に対決する。

係は？」と思ってシビれた（笑）。

**佐藤**　なんで泉水子ちゃんのお父さんと結婚して、雪政が下僕ってことになったのか知りたいよね（笑）。紫子さんの言う「（雪政は）いっしょに死ぬことのできる人」とか殺し文句だよね。

**上橋**　まあ、そこを書き出すと別の物語になっちゃうからなぁ。

**佐藤**　泉水子ちゃんの話で泉水子ちゃんの視点から見えないものは描かないというのを徹底している。

**荻原**　『ＲＤＧ』はやっぱり泉水子の物語なので、それは描き終えたという気持ちがあるんですよ。泉水子と深行の話を書きたかったので、そこはまっとうしたぞという達成感がある。

**上橋**　いろんな枝葉を広げられたのに、それを控えた結果、きわめて誠実な「はじめて物語」になったよね。物語全体として泉水子ちゃんという存在の魅力にぴったりマッチしたものになっている。いまどき珍しいロングの三つ編みの女の子。

**荻原**　泉水子が、いろんなものを取り去ってだんだん成長していく話というところで、髪を切らせようかとも思ったんだよね。でも、なんだかもったいなく思えてきちゃってやめました（笑）。

**佐藤**　その気持ちわかる。

**上橋**　髪を切らなかったのはよかったと思うなぁ。本格的に変わっていく手前で止まったことで、「はじめて物語」であることがより強まった気がする。まだキスまでだよって（笑）。

**佐藤**　髪を切っていたら、もっととんでもないことが起こってたよね（笑）。

**上橋**　なんか犬なのに腰を抜かしている高柳くんの姿が浮かんだ（笑）。

## それでもなお、の希望

**編集部**　荻原さん＝泉水子というお話がありましたが、ひょっとして荻原さんにも姫神的なところがあるんでしょうか。

**上橋**　ふつうのことをしているような顔をしながら、書き上げてみるととんでもないところに行っちゃってるというのはまさしく姫神なんじゃないでしょうか。作家が物語を書いているときってみんな姫神っぽく

なっているのかもしれないけど。荻原さんも書いているときは姫神になっているんじゃない？（笑）

**荻原**　髪がいつのまにか伸びてたり？（笑）

**上橋**　いつのまにかどんどんワインがなくなってたり（笑）。

**荻原**　そんなに飲まないよ！

**佐藤**　姫神かどうかはわからないけど、このひとは見えてるものが違うなって思うことはあるかな。理屈ではなく感覚的な独特の視野があるというか。

**荻原**　そうなのかな。自分ではよくわからないんだけど。

**佐藤**　決してなにかがずれているってことではないんだよね。むしろ荻原さんは鉄壁（てっぺき）の常識人なんだけど、そうでありつつ同時に違う世界も見てるのかなという感じ。

**上橋**　自分の中に異質なものがあって、そっちが表に出てる場合って、ふだんの自分はどこか行っちゃってて気付かないじゃない。それと同じだと思う。そう言うと、完全に姫神だね（笑）。

**佐藤**　荻原さんに訊いてみたかったんだけど、この話って姫神が世界の終末に辿り着いてしまってやり直そうとする話だよね。

**荻原**　世界の終末ではなくて人間の終末なのね。人間が滅びるだけで地球は大丈夫。

**佐藤**　なるほど。それで訊きたかったのは、人間の終末ということを作品に取りこんだのはなにか思うところがあったから？

**荻原**　うーん……いま、地球全体と人間という存在が乖離（かいり）していくという気分が、世間全体にありますよね。それを、3・11の震災でみんなが思い知ったというのはあると思う。わたしたちがいまないがしろにしているものと向き合っている人間が、むかしはもっといたのに、そういうひとが減っていることが、人間がよくない方向に行っている理由で、究極的には人類滅亡に至るという思いがもともとの感覚でした。でも、人類滅亡と地球滅亡は違うから、草花（くさばな）や動物はその後も生きていて、人間だけが恐竜のように絶滅してしまうというイメージ。そこから逆算してことを進めるひとがいてもいいよねというのが姫神なのね。

**佐藤**　姫神がそれを何回かやってみたというのは、いま生きている人類史が何回目か、という可能性もあるのかなと、ちらっと思ったんだけど。

**荻原**　二回繰り返してるというのはあるんだけど、どちらかと言うと、神霊という存在は時間を無視できると思うのね。時間軸に縛られないので、過去にも未来にも行けるんだけど、前の泉水子だった姫神になっちゃった子が、人間に執着を持っていたせいで時間軸を意識して過去に遡ることができた、と。いまいる泉水子と姫神が、同じひとなんだけどものすごく違って見えるということを表したかったんです。それで、三千年くらいいろいろ歴史を変えようと頑張りながらさまよったひとは、ぽやっと育った現時点の女の子とは、たとえ同じ姿をしていても目を見ただけで違うことがわかるだろうと。

**上橋**　地球の終わりと人類の終わりが別のものとして捉えられるのは、神霊ならではの視点だよね。草花や虫たちと人間を同じレベルで見る神霊だからこそ人間という種の滅びも見えてしまう。

**荻原**　修験道で「草木国土悉皆成仏（そうもくこくどしっかいじょうぶつ）」(43)というのは、仏教が最初に日本に入ってきたときに、これは自分たちに合う思想だというので取り込んだものじゃないかって気がするのね。その観点と姫神のありようはリンクしてると思う。



(43) **草木国土悉皆成仏**
仏語。草木や国土のように心をもたないものでさえ、ことごとく仏性があるから、成仏するということ。元々は道家の哲学を媒介とした中国仏教独自の思想だったが、山岳信仰や修験道の影響により日本に根付いた。

**上橋**　これは怖い質問というか、自分自身にも問うていて答えの出ない大きな質問なんだけど、どういうふうに動いていったらよき未来が来るのか、見える？　実は私には見えないんです。そういう意味で言ったら、姫神と同じで、人間の歴史をどうシミュレーションしても美しい方向には行かないんですよ。人間は過去から学ぶしかないんですけど、過去を振り返ってみても、どの時代のどの場所の社会でも必ずなんらかの問題はあって、この形なら永続性があった、という社会はたぶん、ない。だから、『RDG』を読みながら、姫神の悲しさがひしひしと感じられて、荻原さんに「希望は見える？」って訊いてみたかった。

**佐藤**　私も、やり直してもやり直しても……というのがすごくリアルに感じた。どうしてもバッドエンドになっちゃうんだけど、それでももう一度、というのがとても切なくて。

**上橋**　最終的に泉水子に託されたわけだけど……託すしかないんだろうなっていう。それが人間にできる最良のことなんだろうと。

**佐藤**　姫神のやり直しも、最後に泉水子に託したことも、物語の一つのテーマとして、いま自分がこの世界で生きていることと、けっこうガッンとリンクするものがあった。

**上橋**　前の鼎談でも三人とも、最終的には希望を持っていたい、世界はこうあってほしいという願いがどこかになければ書かないと言っていたけど、現実認識としては、どうしても滅びということを思わざるを得ない。

**荻原**　歳をとればとるほど、よりはっきりと見えちゃうよね。だから、それも十分承知しながら、なおかつ希望の物語を書くひとが尊敬できるというのがあって、私にとってそれは、C・S・ルイスのような児童文学者だったんです。この作者はすごくつらい人生を歩んできたひとじゃないかなと思って、それなのに、子どもと同じ感覚でタムナスさんのお茶の描写が書けるんだと思ったときに、こういうひとになりたいと憧れた。

**上橋**　私にとってそれはサトクリフだった。サトクリフも絶望的な世界を、しかも繰り返し繰り返し見ながら、それでもともしびをかかげて闇の中を歩いていこうという気持ちが美しいと思ったんだよね。

**佐藤**　『ともしびをかかげて』(44)をこのあいだ読んで、むかしもいまも人



**(44)『ともしびをかかげて』**　R・サトクリフによる歴史物語。サトクリフはこの作品でカーネギー賞を受賞している。ローマ帝国の統治時代、ローマがブリテン島から撤退することを知った主人公の青年アクイラは、ローマへの忠誠と故郷への思いの狭間で引き裂かれ、故郷であるブリテン島に残ることを決意。アクイラは家族と共にサクソン人に襲撃され奴隷生活を余儀なくされる。多くの民族が覇権を争う戦乱の時代の闇の中を、ちいさなともしびをかかげて歩んでいくような、人々の生き方を描いている。

間は結局終わりなき戦いを生きていると思ったよね。

**荻原**　ただ、あれを読むと、同じ島国なんだけど日本人は、敵に征服されつくして女たちはみんな奪われて、ということを、自分の島でやられていないなと思ったね。

**上橋**　歴史の中でそういうことがちゃんと認識されていないのが日本のやばいところかなと思う。

**佐藤**　民族闘争の歴史がないよね。

**上橋**　そうそう。混交（こんこう）の意味を実感できてない。これまでの歴史の中でそういうことは常にあって、混ざっていって生き残り、また排除し、ということを人間はずっとやってきた。それが意識的な歴史にならなかったところがイギリスと日本の大きな違いだと思う。

**荻原**　『ともしびをかかげて』で言うと、攻めてくるサクソン人のほうがイギリスにとってはむしろ先祖なんだよね。あれが書けるのがすごい。

**上橋**　その上で『運命の騎士』(45)では、それらが全部混ざり合ったあと、やがてすべてがイギリス人になっていくという話を書く。民族意識というものを六〇年代にここまで捉えていたのはすごいよね。マーカスとエ



**(45)『運命の騎士』**　R・サトクリフによる児童向け文学。ノルマン人によるブリテン征服直後の時代、孤児ランダルが、騎士ダグイヨンの孫であるベービスの小姓として育てられることになった。身分や民族を越えて友情を育むランダルとベービスだが、激動の時代の中で数奇な運命に巻き込まれていく。二人の騎士の生涯をかけた友情とともに、複数の民族が、やがて「イギリス人」という存在を形成していく、その過程をも描いている。

スカの関わり方とか異民族との関係のあり方が肌感覚で書かれてあるのは日本の児童文学にはないもので、すごく驚いてぐっと摑まれたんだ。

**編集部**　一方で人類の終末といった感覚を現実認識として冷静に持ちつつ、一方でアドレッセンスの「はじめて物語」をヴィヴィッドに書ける、その絶妙なバランス感覚が荻原ワールドの尽きせぬ魅力ということになるでしょうか。

**上橋**　最初に佐藤さんが言ったことがすべてを表していると思う。「面白い！」、それに尽きます（笑）。物語としての面白さも当然あるんだけど、荻原さんは自分の好きだ、面白いという感覚にいっさいぶれずに付き合い続けるというのもあって、それが潔くて、気持ちいい。

**佐藤**　荻原さんは読者としても、自分が面白いと思うところに徹底的にこだわるよね。そのこだわりがそのまま書き手としても出ているのがいい。

**上橋**　やっぱり荻原さんが泉水子なんだ。泉水子であると同時に姫神。最強だね（笑）。

# 話の終わりに

ふだんから、会えばおしゃべりが弾むし、メールのやりとりが過熱する三人ですが、それほど創作論や作品論を交わすわけではありません。だれとも同じで、もっと生活に密着した話題のほうが多く、とりとめなくあちこちに飛びながら、ときおり創作の悩みを話すくらいです。

ですから、これだけ作品に集中して語る鼎談の場は、くつろいだと言ってもやはり特別なものでした。そして、楽しいものでした。

改めて目を通すと、『RDG レッドデータガール』にいただいた言葉の数々には、独創的な穿った指摘があるかたわら、一般読者（それも、若い女の子）の複数から寄せられた感想と同じものがあるのが、さらに印象的です。書き手としての主観をもつと同時に、偏りのない一般性をもって一読者になれる人たちだということでしょう。

この両方をきちんと自分の中に掌握することが、よい作家としてとても大切なのではと思えました。創作にオリジナリティは必要ですが、大勢の人と同じ感覚を当人もわきまえておかないと、なかなか他人の心に伝わるものが書けないからです。

『ユリイカ』では、対談があっても鼎談は珍しかったのですが、編集のYさんも話の弾み具合を気に入ってくださり、この次は佐藤多佳子さんの作品を語る鼎談をもうけて一冊の本にしましょう――という話が急速に進みました。

# III

## 乱調が織りなすリアル——子どもたちは〈物語〉と遊ぶ

## 無自覚の変拍子？

**編集部**　これまでこの三人で、上橋菜穂子さんの〈守り人〉シリーズ、荻原規子さんの『RDG レッドデータガール』を中心に、それぞれお二人の作品についてお話ししていただきました。今回は佐藤多佳子さんの作品について、新作『シロガラス』[46]を中心にお話しいただければと思うのですが、とりあえず上橋さん、荻原さんのお二人に『シロガラス』のおそらく三巻ぶんにあたるところまでをお読みいただいたので、まずはその感想からうかがえますでしょうか。荻原さんのご感想はいかがでしたか？

**荻原**　佐藤さんにとっては初めてのファンタジーシリーズ、しかも、しばらくぶりに小学生が活躍する作品だということで、とても大きな期待をもって読みました。それで思ったのは、これは素材としてファンタジーを扱っているけれど、描いているのは子どもの群像ですよね。佐藤



**(46)『シロガラス』**　佐藤多佳子による作品シリーズ。パワースポットとして人気の白倉神社に、主人公・千里が住んでいる。彼女は古武術の天才少女で、そのクラスメートである六人の子どもたちが、謎だらけの事件に巻き込まれていく。古くからの「不思議」が伝わる神社を舞台に、その大いなる謎が解き明かされる。

さんはやっぱり子どもたちをすごく上手く描けるんだっていうところが一番面白かったです。一見すると類型的な子がいそうなのに、ひとりひとりがまったく類型的じゃない子になっていて。

ずーっと昔、処女作の頃からそうだったんですけど、佐藤さんの子どもの捉え方って、例えば何かのテーマがあって、そのテーマに沿ったストーリーを進めるためにしゃべらされているような子どもたちじゃないんです。その子じゃなければ言わないことを言いつつ、子どもたちがお互いの関係性をつくっていく。佐藤さんの作品はそこがすごく面白くて、今回の作品にしても、舞台背景としての神社とか、周囲の風景もいいいんだけど、やっぱり、とにかく子どもが素晴らしいなあ、という感想でした。

**佐藤**　ありがとうございます。

**上橋**　私はここしばらくのあいだ、本を読んで面白いと思うといった感覚がなくなってしまっていたんですけど、『シロガラス』ではひさしぶりに「ああ……これだ！」という感覚がありました。忘れてしまっていたかつて読んだ児童文学を思い出した感じで。自分が好きだったり、物語を書きたいと思っていたときに理想としてイメージしていた物語の匂いみたいなものが一気に蘇った。写真を見たり、なにか匂いを嗅いだりしたときにふっと過去を思い出したりすることがありますよね。それと似た感じというか。

私は子どもの頃から好きだったアーサー・ランサム(47)やリンドグレーン(48)が書くような日常の生活の匂いが濃厚なのに、どこか「いま、ここ」ではない、非日常のわくわく感も併せ持つ物語を思い出させてくれた。

それと、これは佐藤さんに訊いてみたら「見てなかった」って言われたけど、NHKの少年ドラマシリーズ(49)の懐かしさも思い出したりして。だから、今回の『シロガラス』を読んでの最初の感想としては、そうした物語の匂いを感じられたのがすごく嬉しかったというものでした。

それから、佐藤さんの物語はいつもそうなんですけど、大上段（だいじょうだん）に振りかぶってというか、何かすごい事件がどーんと起きるそのドラマ性でみせるような作品ではないんです。なんでもないようなことだけど、それをある角度から切り出すとこんなにも鮮やかなドラマがあったんだ！というような、そうした書き方を佐藤さんは普段している。それなのに、

**(47) アーサー・ランサム**
イギリスの児童文学作家であり、動乱期の中国・ロシアで活躍したジャーナリスト（1884-1967）。『ツバメ号とアマゾン号』から始まる一二作のシリーズは、子どもたちのリアルないきいきとした冒険物語として、古びることなく時代を超えて読み継がれている。第一回のカーネギー賞受賞者。その作品には、海洋技術に対する見識が豊富に書かれていて、ランサムの影響でヨット乗りになった読者も多い。

**(48) リンドグレーン（アストリッド・リンドグレーン）**
スウェーデンの児童文学編

今回は物語の枠組み自体としてドラマチックなものをもってきていたので「お、佐藤さんがこれをどうやるのか知りたい！」という作家としての興味も読みはじめにはあったんだけど、いつのまにかそんなこと忘れちゃってた。だって、この作品、笑わせてくれるんだもん！「佐藤さん……、もしかしてかなり遊んでいるのかも〜」って（笑）。

**佐藤**　たしかに（笑）。

**上橋**　その笑わせる感じがとても好きでした。なにしろ、千里（せんり）ちゃんと礼生（れお）くん、保育園児のくせに、だんだんエスカレートしてきて保育園児レベルじゃない格闘になるじゃない？　あそこで爆笑してしまって。そこらへんから「このお話は笑っていいのね」って確信できた（笑）。わんこのサイトウさんもいいし、猫のハットリのキャラクターもすごい。これまでの佐藤さんの物語ではありそうであんまりなかった「笑い」という要素が前面に出ているところもよかった。

あと、これは荻原さんが言ったこととまったく同じだから、たぶん話の接ぎ穂（つぎほ）になる気がするけど、ファンタジーとかのドラマ性の高い物語を書きながら私がいつも思うことがあるんです。つまりファンタジーに



集者であり、作家でもある（1907–2002）。動物の権利擁護者としても知られている。作風は故郷スウェーデンを舞台とした児童文学から推理小説、幻想小説まで幅広く、主な作品に〈長くつ下のピッピ〉シリーズ、〈やかまし村の子どもたち〉シリーズなどがあり、そのユーモアあふれる痛快で楽しい作風は、世界中の子どもたちに愛され続けている。

**(49)　ＮＨＫの少年ドラマシリーズ**
一九七二年から一九八三年にかけてＮＨＫが放映した小中学生向けドラマシリーズ。ＳＦからコメディや海

おいて、細かな心理描写とか、個々人についての描写を文学的に書こうとし過ぎると、物語のリズムというか、大河のような大きな物語の流れが小さい方へ引っぱられちゃう感じがするの。だから、私は、あえて、行間で読みとってもらえるようにしているんです。でも、佐藤さんのいつもの物語の書き方としては、むしろそうした細々したところを生々しく書いていくじゃない？　だから、今回の場合はどうなるのかな？って思ったんだけど、やっぱり、荻原さんが言うように、そういう部分では佐藤さんの従来の書き方を崩していない。キャラ化しているようでいて、実は子どもたちのリアリティを書きこんでいる。ここのところは絶対に佐藤さんじゃないと出てこないものだなと思った。なにしろ佐藤さんって、前からイヤなガキを描くのがめちゃくちゃ上手かったもんね（笑）。

**佐藤**　『イグアナくんのおじゃまな毎日』[50]の樹里とか『しゃべれどもしゃべれども』[51]の村林とか「サマータイム」[52]の佳奈とか？

**上橋**　そうそう（笑）。私だったら「このクソガキ」って思うようなのが出てくるんだけど、そのガキが読みすすめていくと、なんだか妙にい

外作品まで、そのラインナップは多彩。主な作品に、『タイム・トラベラー』、『なぞの転校生』、『長くつ下のピッピ』などがある。

**(50)『イグアナくんのおじゃまな毎日』**
佐藤多佳子による児童文学作品。主人公の少女・樹里が大叔父から誕生日プレゼントに、「生きている恐竜」イグアナをもらう。非常に手のかかるイグアナの世話を押し付けられて樹理は大迷惑。イグアナくんを中心に奇妙で可笑しな人間模様が描かれる。

**(51)『しゃべれども　しゃべれども』**
佐藤多佳子による小説。主

いんだよ。礼生とか有沙（ありさ）みたいな子を書ける人ってなかなかいないと思う。

**荻原**　そうなの。やっぱり礼生がジャイアンじゃないところがおかしいのよ。類型から微妙に斜め上にいくの（笑）。

**上橋**　類型っぽくなりそうなのに、そうならない。礼生が「普通の服が着たい」って洋服で悩んでいるところとかもおもしろかった（笑）。

**荻原**　礼生はすごい格好をして学校に行っているんだけど、実はお母さんが強制して着せていたっていう、そこが面白い。

**上橋**　美音（みね）ちゃんにしても、実際にそばにあんな子がいたり、あるいは本の登場人物として読んでいるだけでも、今の子どもたちからは「うざい」というひと言で片づけられそうなキャラクターですよね。それなのに、やっぱり読んでいくうちに、あの子ならではの良さが感じられる。

しかも、それは、話が進んでいく過程において美音という存在が変わったわけじゃない。もともとの美音のままなのに、よいと感じられてしまう。最後に自分の姉と「ぎゅー」って抱き合う場面なんて、ボロボロ泣いてしまったよ。



人公である若い落語家・三つ葉は、芸も恋も何だか上手く事が運ばない。あがり症の従弟や口下手な美人や元プロ野球選手など、それぞれ悩みを抱えた困り者たちが、三つ葉に話し方教室を開くよう頼む。不器用な人間たちが織りなすコミュニケーション小説。

**(52)「サマータイム」**　佐藤多佳子のデビュー作。主人公の少年・進が小学五年生の夏休み、姉の佳奈と共に、片腕で泳ぐ少年・広一と衝撃的な出会いをする。それぞれ家族との葛藤を抱えた少年時代、その六年後の再会を描く。同タイトルの連作短編集の一作目。

**佐藤**　美音は最初に思っていたよりも前面に出てきましたね。六人のうちでこの子がたぶん一番なにもしない子なんじゃないかと思っていたんだけど、書いているうちに彼女の話が意外とたくさん出てきた。これは自分でも予想外でした。

**荻原**　美音ちゃんが自分で動き出したってことだよね。

**佐藤**　そうだね。そんな感じになった。

**荻原**　でも、美音ちゃんみたいな子のほうが、むしろ佐藤さんは得意なんだと思いますよ。ああいう、本当に自分できちんと考えないと一歩も動けないような、そして、だからこそ周りからはとろいと思われちゃうような子。佐藤さんがすごく上手に書くタイプの子だと思う。

**上橋**　その話だと、私は有沙も同じタイプじゃないかと思うのね。有沙ちゃんみたいなタイプも佐藤さんでなければあまり書かないと思う。どこかとんがっていて、でもそうは見られたくないので、そう見えないようにいろいろ考えているような子を書くのって、佐藤さんはめちゃくちゃうまい。でも、この物語の中では有沙ちゃんについてはあまり立ち入っていかない感じだね。

**佐藤**　そうだね。個人の話としては、そうかな。

**上橋**　その点も面白いなあと思った。

**荻原**　有沙って、普通だったらこちら側の仲間にはならないで、向こう側、敵対するグループとかに入りそうな子なんだけど、そうなっていない。やっぱりありきたりのキャラクターに落として固めてしまわないような、人間のゆるさみたいなものが与えられている。そうした柔軟さをもって子どもたちの関係性をどんどん繋げていっているじゃない？　そこがとても面白いと思うの。

**上橋**　そうだよね。『しゃべれども しゃべれども』のときに思ったんだけど、佐藤さんが描く人たちって、最初からいかにも関係性を築けそうなタイプの人たちじゃないんだよね。みんなどちらかというと関係性を築いていくのが難しいタイプの人間。それなのに彼らがすごく自然に関係性を生みだしていく。この部分は私が一〇〇回逆立ちしてもできないところで、佐藤さんの作品を読んでいるといつもこのことを思います。

**佐藤**　たしかに私はそういうのを書くのが好きかもしれない。普通だったらちょっと合わないような人たちなんだけど、そうした彼らがうっかり出会ってしまったことで生まれてくる世界。話がそこから立ち上がってくるみたいな感じ。『神様がくれた指』もそうだね。

**荻原**　佐藤さんはどの辺までシチュエーションを固めてから書いているの？　行き当たりばったりでしゃべる台詞が出てくる感じ？

**佐藤**　どうだろう。多分、作品によって違いますね。『神様がくれた指』は私の作品としてはいちばんと言っていいくらい、最初から固まったストーリーがあった。と言うか、そもそもラストシーンが先にあって、それを書きたいというところから考えた作品なのね。だから、どうストーリーを作っていけばあのラストまで行けるか、という逆からの作り方をしていた。普段は話の筋についてはあんまり考えないで、登場人物がお互いにからみながら行きつくところが話の結末、みたいなことが多いんだけどね。『神様がくれた指』で初めてそれとは逆にやってみたわけだけど、それがものすごく苦しくて、二度とやりたくない！とまでは言わないけど、このやり方はしんどいなと思った。

**荻原**　『一瞬の風になれ』(53)も、ラストで誰に何を言わせよう、そうなるとだいたいこの辺かなっていう線が最初からあったんじゃない？



**(53)『一瞬の風になれ』**　佐藤多佳子による小説シリーズ。陸上競技にかける高校生たちの三年間を描く。自身の才能のなさを痛感しサッカーを辞め、陸上を始めた主人公の新二。天才的な俊足にもかかわらず、陸上を辞めた幼馴染の連といった登場人物たちが織り成す爽快な青春物語。

**佐藤**　あれはそうでもなくて、やっぱり流れで書いていって、もし今の結末となっている形で終わらないようだったら、仕方ないからインターハイのところまで書こうと思っていた。あそこで終われるかどうかは、実際に書いてみるまでわからなかったし。ただ、新二（しんじ）に「光る道」が見えるというシーンは決めてたかな。

**上橋**　あの話は、ある意味、ラストはどこにでも置けそうだものね。

**荻原**　でも高1、高2、高3の三年間で終わる話でしょ？

**佐藤**　もちろん高3で話は終わるんだけど、高3のどこで終えるか、という意味ではラストをどこに置いてもよかったの。南関東大会で終えるか、インターハイまで出て終わるかはわりと大きな決断でした。でも、私は勝ったところで終わりたかったから、それをリアルに考えた場合に、インターハイで優勝しちゃうのはやりすぎだと思ったの。

**荻原**　そのへんは塩梅（あんばい）だよね。やっちゃう人もいるだろうけど、そうした強い現実感も佐藤さんの持ち味だからね。

**上橋**　うん。たしかに。インターハイでの優勝まで行ってしまうと、さめる読者もいたかもね。もちろんそれが好きってひともいっぱいいると思うし、読んでいて気持ちいいとも思うけど、地に足の着いたリアルさに感動してたのに、ラストが夢の実現みたいに持っていかれるとやっぱり違う感じになっちゃったかも。そうした塩梅の部分での佐藤さんの「ここまで」という判断がしっかりしたリアルさを生み出している。

でも、この『シロガラス』って、最後のシーンが頭に浮かんでいないと絶対に書けない話の気がするんですけどぉー（笑）。

**佐藤**　（笑）。

**荻原**　え!? ラスト、考えてないの？

**佐藤**　いやいやいや、漠然としたラストシーンはありますよ。でも、やっぱりどうやってそこにたどりつこうか、という感じで、途中の道のりはとても怪しい（笑）。

**上橋**　途中でいろんなことができそうな話だよね。最終的にはどんどん変わっていくんじゃない？

**佐藤**　その可能性はあるかもしれない（笑）。

**上橋**　『一瞬の風になれ』だったら、登場するひとりひとりについて、例えば新二だったら新二、連（れん）だったら連の人間性を描いているうちに自然と物語が動くじゃない？

**佐藤**　そうそう。

**上橋**　だからそれを追って書いていく感じなんだろうけど、『シロガラス』の場合は時代性とか事件性があって、そうするとある程度は先を考えてないと動かせない部分はあるよね。

**佐藤**　そう。だから一応その先は考えてあるんだけどね。その通りに行くかどうかはやっぱりわからない（笑）。

**上橋**　それはまた楽しみな……（笑）。

**佐藤**　でも、そういう状態は二人とも経験あるでしょ？

**上橋**　そればっかりなんだけど（笑）。

**荻原**　『シロガラス』でももう、この子とこの子をぶつけて…とやっていく中で違う話になっちゃったところもあったんでしょう？

**佐藤**　ここまででもたくさんあったね。

**上橋**　たとえば？

**佐藤**　三巻の美音と有沙のシーンは当初はまったく考えてなかったの。

**上橋**　うっそぉー？　あそこはめちゃくちゃよかったよ！

**佐藤**　あれはまったく考えてなかった。

**上橋**　考えてなかったのに、生みだした結果が活きるのは、やっぱりいい作家の証しなんだろうなぁ。

**荻原**　超能力者になっちゃったけどどうしよう?みたいな、超能力を持ってしまった子どもたちの気持ちを内側から書いていくところがあるよね。いかにも微に入り細をうがちといった感じ。結局悩みながらも行動を起こすんだけど、悩んだからこそああいう行動に出ていくんだな、というのがすごく共感できるように書いてある。どうやったら瞬間移動できるかわかんないけどやってみる……という実感を、子どもの内側から書いている。そうしたことと、類型的なキャラクターに固まってしまっていない子どもたちの姿というのがすごくマッチして感じられる。

それで言うと、私、このあいだ久しぶりにアーサー・ランサムの『海へ出るつもりじゃなかった』(54)を読み返したんだけど、「佐藤さんとは違ってるなあ」と思った。とても面白いんだけど、この類型におさまった子どもたちというのは何なんだろう?って思っちゃったのね。ジョンが言いそうなこと、スーザンがやりそうなこと、ティティがやりそうな



**(54)『海へ出るつもりじゃなかった』**
A・ランサムによる〈ツバメ号とアマゾン号〉シリーズの作品の一つ。河口の町へツバメ号の乗組員たちがやってきた。そこでゴブリン号を操る青年ジムと出会い、共に川下りをすることになる。しかしジムの留守中に乗っていた船が錨を失い、子どもたちだけで外海へと流れ出てしまう。

こと、みんな役割分担ができちゃっている。そういう役割分担が佐藤さんは本当にないのよね。

**上橋**　そう言われてはじめて気がついたけど、ランサムは最初から最後まで登場してくる子どもたちの関係が変化しなかったね。ジョンはジョン、スーザンはスーザンのままで。

**佐藤**　ああ、そうかもしれないね。

**荻原**　でも、だからといって生き生きとしていないということでもなくて、ランサムが悪いと言うのではなく、何か発想の時点で佐藤さんとは違うものがあるということなのね。

**上橋**　たしかに作品を読んでいて見える風景が違っていて、内側と外側とのバランスがいつも等距離なんだよね。描きかたのリズムが最初から一〇巻まで変わらなかったというか、外側のリズムに乱れがなかった。でも佐藤さんのって乱調ばっかりだよね（笑）。

**一同**　（笑）。

**上橋**　読み手がついていけないくらい、突如としてあっちに行ったと思えばこっちに戻ってきたりして、いつの間にか別の新しいリズムが生み出されている。

**荻原**　だからこそ、いかにもそのキャラクターが言いそうだなっていうセリフは佐藤さんの作品にないのよ。ありきたりのセリフなんて絶対に言わないぞ！というか。

**佐藤**　そうなの？（笑）

**上橋**　そうだよね。ありきたりなセリフを出さない佐藤さんって、格闘技でたとえるならきっとすごく調子のとりにくい相手。次にはこのリズムでワン・ツーを打ってくるだろうという予測がつかないから、私なんかはアッパーカットをいきなり食らいそう（笑）。ここでそれを打つか？みたいな。

**荻原**　変拍子（へんびょうし）なのよね。

**佐藤**　それは別の作品でもそうなの？

**荻原**　私は『サマータイム』を読みかえしたとき、最初のひと言めからすでにそうだと思ったよ（笑）。

**佐藤**　「カレンダーは八月」のところで？

**荻原**　ううん、佳奈の最初のセリフの部分。「山で大きな木の下じきになって死ぬのと、海で溺れて死ぬのとどっちがいい?」のところ。それからくるか〜、って(笑)。初めて読んだときにも、同じことを思ったんだけどね。「高校生まで生きてるつもり?」にしても、ここからくるんだ⁉って。

**上橋** そうだよねぇ。私は『サマータイム』を読んで、佐藤さんは天才だと思ったの。うちのめされちゃった。さっきも言ったけど、私が逆立ちしても書けないことを書く人だなと。そうした変拍子が生みだしてくるリアルな光とか匂いとかの夏の感じがほんとうにすごい。

**佐藤** 変拍子かどうかは、自分ではまったく無自覚ですね。

**上橋** 佐藤さん自身の体の自然な拍子が変拍子なんだから、わかるわけないさね(笑)。考えてできるものではなくて、格闘技で戦っているときに無意識に体が動いてるのと一緒。

**佐藤** 私が普通だと思ってやっていることが要はズレているということ?(笑)でも読者になって自分の本を読んでもそんなことは感じないんだけど。

**荻原** 自分は自分だもんね。計算してやることはできない。肌触りみたいなものだよね。

**上橋**　だからこそ、奇跡的なんだよなぁ。計算してないのに、なぜだか絆が生まれていたりするんだもの。

**荻原**　登場する人物たちが勝手に動き出してそうなっていくということかなと思ったりもする。作者がそういう風になるようにやらせようとしているというよりも、彼ら自身がつくっていくみたいな感じだよね。

**上橋**　そう。作者の上からのコントロールを感じないんだよね。彼らが彼らしく生きた結果こうなったのだというのをすごく感じる。そして、それがなぜかきちんとドラマになり、物語になっていくという奇跡。

これはディテールについてもそうだよね。それぞれの子どもたちが本当に佐藤さんのなかで生きているからこそ、そうした繊細な部分が生み出されてくる。私は数斗（かずと）が大好きで、いかにも学者っていう子なんだけど、彼のこだわり方がめちゃくちゃわかるのね。それで言いたいことがあるのに、話の途中で礼生に「黙れ」って言われちゃうところなんか「こういう男、いる！」って思うんだけど、そういうのは計算じゃなくて流れで出てきちゃうんでしょ？

**佐藤**　まあね。そうかも知れない（笑）。

**上橋**　あと千里ちゃんって、バルサのガキの頃みたいだよね。

**佐藤**　たしかに（笑）。

**上橋**　だからすごい親近感がわいちゃって（笑）。「手加減しないで、思い切り蹴ってよ」って礼生に言うところなんてバルサがやりそう。

**佐藤**　そうそう！　強くなるためだったら何をされてもいい、みたいなところね（笑）。

**上橋**　それでちょっとコメントすると、私はあれを読んだときに、柱のあるところで蹴りぬくのは、距離感がつかめないし、なかなか難しいかもと思った。佐藤さんは新陰流（しんかげりゅう）を見にいったの？

**佐藤**　直接は見てないね。本はいっぱい買って、それで勉強した感じ。

**上橋**　剣の柔らかい持ち方のところとか、その成果が反映されていたよね。そういうところばっかり熱中して読む私（笑）。

**荻原**　「上橋さん、こういうの好きだろうな」と思いながら読んでた（笑）。

**上橋**　熱中してしまいました（笑）。真剣勝負してわかり合っちゃうふたりにめちゃめちゃ萌えた。

**荻原**　礼生くんが受けて立つところ、面白かったなあ。

**上橋**　礼生は基本的にイヤなやつなんだけど、妙におじいちゃんに好かれるような礼儀正しいところもあって、あれもリアルだよね。ああいう子がいるっていうのはすごくよくわかる。自分が強くなるためにも、礼とか所作は律儀に大事にしてる。だからこそ千里ちゃんのこともつい認めてしまうんだけど、同時に認めちゃっている自分がイヤだと思うところも納得できる。

でも、この人が大人になってそばにいたら絶対に私は恋しちゃうだろうなっていうのは星司だなあ。

**佐藤**　おお！　うれしいです。

**上橋**　好きだなぁ、こういう男（笑）。

**一同**　（笑）。

**荻原**　そのことはともかくとして（笑）、グループの中でこいつにイニシアチブを取られちゃいけないという駆け引きの描写も実感としてすごくよくわかるよね。子どもの頃たしかにそうだったって思い出すの。社会に出てからとは違って、ある種の階層分けや男女の区別すらない子どもの頃って、なんとなくうじゃーって固まっていて、特につるみたくもないいんだけど何故だかつるんでしまっているという関係がふつうだったというのを思い出すんだよね。

**上橋** あと、子どもって、うじゃーってなんとなくいる一方で、ごっこ遊びが好きなんだよね。子どもたちの間でキャラクター付けがされていて、こいつはこれが得意だというので、特定の場面になるとついそいつに頼ってしまうようなことがある。算数だったら数斗に任せればいいとか、障子(しょうじ)張りだったらこいつだとか、そういうのがまた快感なんだよね。戦隊ものとか、『サイボーグ００９』(55)みたいに、みんなそれぞれ特技があって必ずそれを活かせる局面があるって話は嬉しいじゃない？

**佐藤** そうそう。まさにそれがやりたかったの。

## 禁断の領域へ

**佐藤** いま言ってもらったようなことがこのあとの大きなストーリーの流れの中でスムースに機能していくかっていうのが今後の難しいところ



(55)『サイボーグ００９』 石ノ森章太郎の代表作の一つであるSF漫画。軍事産業の秘密カルテルが、核戦争下での戦闘に耐えうる身体を改造した九人のサイボーグ兵士を開発する。東西冷戦を背景に、人種問題や文明社会の問題、反戦について言及される場面もある。六〇年代より、石ノ森が病に臥すまで三〇年以上かけてメディア掲載されている。

ですね。

**荻原**　ストーリーはかなり動いていくんだ？

**佐藤**　イヤでも動くと思うの。

**荻原**　えー、でも、どこへ向かっていくのか全然わからない（笑）。

**上橋**　それが妙に納得できるのが、佐藤さんだな（笑）。こういう話ならこう動かしていくだろうなっていう方程式はありそうなんだけど、佐藤さんだからたぶんそうはならないだろうなってのがあるんだよね。去年ぐらいに、佐藤さんから少しずつ、「村の規模はね」とか「こういった限界集落みたいなのってあり得るかな」とかいろんな話を聞いてはいたから、どんな話になるんだろうって思ってたら、意外と舞台は近場の神奈川県だったし。

**佐藤**　場所はこれからもっと動くし、話もけっこう大きく動く……はず。動いてくれないと終わらないから（笑）。

**荻原**　『シロガラス』を書いていてどこが一番苦労した？

**佐藤**　ここまでだと、実際に文字にする作業はそこまで苦労はしてないのね。やっぱりいちおう最後まで大まかにストーリーを組み立てておく必要があるので、書いていないところを先に考えとかないといけないというのが、普段はやらないことだから苦労したかな。さすがに、登場人物のからみによる関係性の中のドラマでは終われない話だからね。ある程度事件性のある話をどうやって展開し結着させるか、最低限考えなければいけなくて、その最低限のことをやるのに七転八倒した。というか、いまでもそれができているか自信がない（笑）。

**荻原**　じゃあ一番楽に書けるのは『黄色い目の魚』[56]みたいな話なのかしら？

**佐藤**　そうそう。

**上橋**　普通はそれこそすごく難しい気がするけどね（笑）。ちゃんと最終的に物語として成立しちゃうところが信じられない。

**荻原**　私は『黄色い目の魚』の連作の第一作が一〇年前に書かれたというのがまず信じられなかった。まったく読んでいて違和感がないので。

**佐藤**　あんまり時代性がないのかも（笑）。

**上橋**　あの作品もそうだけど、佐藤さんはやっぱりまずは人間からということなんだろうね。『黄色い目の魚』のみのりならみのりで、佐藤さ



（56）**『黄色い目の魚』**　佐藤多佳子による小説。絵が好きな悟は、美術の授業でデッサンして以来、みのりから目が離せないが、周囲になじめないみのりはイラストレーターの叔父にしか心を開かない――。一六歳という大人への過渡期にある二人の主人公が、交互に語り手となって物語が進む。少年少女の揺れ動く気持ちが凝縮された青春物語。

んのなかにものすごい存在感で存在していて、彼女を書いているうちに、次第に物語ができてくるといった感じがする。

**佐藤**　でも、みのりは多分みんなが思っているほどには書きやすくなかったの。苦労したほうだと思う。

**荻原**　最初の短篇の中での彼女はすごく強烈だよね。強烈すぎるくらい。

**佐藤**　あそこではパッと書けたんだよね。

**荻原**　なるほど。最初だけで終わるのならそれでいいんだけど、きっとそれを伸ばしていくときに……

**佐藤**　難しかった。だから、むしろあとから出てきた木島のほうが書きやすかったのね。

**荻原**　木島くんって安定しているものね。安定してちょっとヘタレな感じがよくできてる。

**佐藤**　木島とみのりを交互に書いているわけだけど、木島の回はすっと書けるのに、みのりのところは苦労したなあ。

**荻原**　書くのはあの順番どおりだったの？

**佐藤**　そう。『小説新潮』の不定期連載として発表していたので、一個書いては雑誌に載せ、という感じ。最後まで書き終える前に出していたという意味では今回とちょっと似ているかな。でも、あのときは本当に先の予定を何も決めずに書いていっていて……変な話だよね（笑）。

**上橋**　あのとき、だけじゃなくて、いつもでしょう？（笑）

**一同**　（笑）。

**上橋**　『サマータイム』からすでにそうやって書いてたんじゃない？

**佐藤**　『サマータイム』のほうはもう少し構成と狙いがあった。一応、四季という枠組みがあるし。『黄色い目の魚』はほんとに何も考えないで書いてたの。

**荻原**　だけど佐藤さんの作品はいつも、絵を描く人の感覚とか、ピアノを弾く人の感覚とか、サッカーしたり、走ったりする人の感覚をすごく調べて書いているんだろうな、という感じがするよね。

**佐藤**　走る人は確かにたくさん調べましたね。

**荻原**　なにか物語の理由づけとかの前に、結局、そういった細かでリアルな世界というものが成立していて、そうするとストーリーの面ではそんなに大きなものでなくてもよい感じになるんだよね。細かな描写によるリアルさのせいで、木島くんがみのりを絵に描くことができないって思うときの、あの気持ちに入っていけて、だから最後に「描けたね」という、もうそれだけの話でいいという気持ちになれる。

**上橋** そういう「描けない」というシチュエーションが、佐藤さんがお話を書いていくなかで出てきたから、物語もそれに沿って動いていく。最初から何かの決めごとがあって、そこに向かって話を動かしていくんじゃなくて、佐藤さん自身も書きながら、「描けるのかな？ 描けないのかな？」って思いながら一緒に動いていく感じがある。

**荻原** みのりちゃんは、あんなにとんがったエキセントリックな子だったのに、絵は好きだけど、描く側の人間ではないんだっていうところに自分を収めていく。それは木島くんという人物がいたからで、こういうところを説得力豊かに書けるのがすごいよね。それだけで十分お話になるので、大きなストーリーはいらないってなるよね。

**上橋** 『サマータイム』の佳奈も、結局はピアノを捨てちゃうじゃない？ でも弟のほうはそうではなくて、やっぱり「話としてはこうなるだろう」っていう方程式のほうには佐藤さんはいかない。あくまで、ひとりひとりの姿を描いていると、それがいつのまにかドラマになって、物語になっていく。
　でも、そうやって佐藤作品についてあらためて考えていくと、やっぱり『シロガラス』ってすごく異質なものだよね。

**佐藤**　そうなの。初めてのことばかりやっているから、不安だらけ。

**上橋**　ケケケケ（笑）。

**佐藤**　なんでそんな嬉しそうなの？「お前も苦しめ！」ってこと？（笑）

**一同**　（笑）。

**上橋**　でも真面目な話、どうしてこういう試みをしようと思ったんだろう？

**佐藤**　それは最初に荻原さんが言ってくれた、子どもの集団を書きたいっていうのが理由のほぼすべてなんです。

**上橋**　ただ、佐藤さんが子どもをたくさん物語のなかで動かしたいっていうときに私が思い浮かべたのは、リンドグレーンとかランサムのように子どもの日常が動いていくのをいつもの手法で書くイメージだったたんだけど、これは違うじゃない？

**佐藤**　そ、そうだね（笑）。

**上橋**　だからすごいびっくりした！

**佐藤**　現代の日本のリアルな子どもたちの日常を考えてみたとき、それだけではかつて自分がわくわくしたような話はつくれないというのがあって、もちろんつくれる可能性を完全に否定はしないけど、ストーリー的にもモティーフ的にも厳しいだろうと思ったのね。「カッレくん」[57]（リンドグレーン）みたいなものを、今の日本の現実に立脚してリアルに描いたとしてもむしろ違うものにならない？

**上橋**　それでも、佐藤さんならそれをやりそうだと私は思ったの。私がカッレくんとかを子どもの頃読んでいて好きだったのは、そこにある、日常の子どもの遊びなのにその上を行くような物語性の匂い、異国の匂いのようなもので、私にはカッレくん的なものはできないんだけど、佐藤さんならやりそうだしやれると思ったからさ。

**佐藤**　それは出来上がったもののどこに重点をおいて見るかという問題でもあるのかも。



**(57)「カッレくん」**
A・リンドグレーンによる三部作の少年探偵小説シリーズ。スウェーデンの田舎町を舞台に、名探偵を目指す少年・カッレくんが大事件に巻き込まれるが、白バラ軍という三人の仲間たちと冒険をしながら大活躍し、難事件を解決していく。カッレくんの好奇心あふれる頭脳の切れ味や、紅一点のエーヴァ・ロッタの行動力が魅力だ。

それからもうひとつ、舞台の選択については、私は町なかで育ったんだけど、家から五分かからないところに神社があって、そこが遊び場だったのね。社務所（しゃむしょ）の裏のすごく細い道を通っていくと、奥におそらく神社の人が住んでいる場所があったんだけど、そうした、神社の建物の奥まったスペースのその先というのが私にとってはものすごくミステリアスなものだった。ちょうどそこから神社の森が広がっているんだけど、現実と異世界の境界線があるとしたらここだ！っていう感じ。そういうものが原体験としてあったので、子どもたちに何かが起こるとすれば神社だ、って。

**上橋**　そうだったのかぁ。だけど、佐藤さんがこれまで書かれてきた物語に、そういう人間の世界ではない向こう側っていうのもあんまり出てこなかったよね。

**佐藤**　『ごきげんな裏階段』(58)くらいかな。

**上橋**　ああ、そうか。でもそれが今回は一挙に固まって出てきた感じだから、ぜんぜん違う流れのことをしている感じがある。

**佐藤**　だから禁断の領域に足を踏み入れてしまったなって思ってます。



**(58)『ごきげんな裏階段』**　佐藤多佳子による初期ファンタジー短編集。古いマンションの裏階段を舞台にした不思議な出来事を綴る。タマネギを食べる猫や、変幻自在の煙お化けなどが登場。奇妙な裏階段の住人たちと、好奇心いっぱいの子供たちが友だちになろうとする。

それこそ異界に入ってしまったのではないかという（笑）。

**上橋**　おいでませー（笑）。

**佐藤**　いやあ、やっぱり慣れないことをするのは楽しいけど難しいね。超能力とか現実にあり得ないシーンを書くのは最初のうちつらかった。「これはウソだろ⁉︎」って自分で思ってたから（笑）。

**一同**　（笑）。

**荻原**　そうした苦労をする中で、結局は他の人だったらそこまで考えないようなところまで佐藤さんはじっくりと向かいあって、そしてその体験の細かな肌触りを書いていくんだよね。

**佐藤**　「ウソーっ⁉︎」と思っちゃうのはしかたないとしても、そこで終らないようにもう一歩踏みこもうとはしています。

**荻原**　人の気持ちが読める超能力っていろんな形で書かれているけど、その能力を持ってしまったことに対する恐怖の気持ち、仲の良いお姉ちゃんの気持ちすら知りたくないと思うあの繊細さに至るまでを、佐藤さんほど書いたものはあまりないと思う。

**上橋**　超能力がどう役立つとかでなく、それを持ってしまったことによって自分の弱みが増幅されてさらに致命的になっちゃうというところを描くのは、とても佐藤さんらしいなと思った。荻原さんが言ったように、それがよくわかるのが美音ちゃんの話だね。彼女は人づきあいが苦手だけど、その苦手という気持ちのいちばん大きな部分を占めるのって、自分が人からどう見られているか、人が自分について何を考えているかということへの恐れなんだよね。だから、そうした他人の内側の部分が聞こえてしまうようになった彼女はすごくつらいだろうと思う。

しかも、それだけでなく、その逆のケースも書いていて、礼生くんの能力なんかは彼の性格そのままで、人を自分の言うことに服従させるのは彼がやりたくて仕方がないことじゃない？ でもいざやってみるとなんかあまり嬉しくないという様子も書いていて、そこもすごく佐藤さんらしいと思った（笑）。

有沙と礼生のやりとりがやっぱり随所でおもしろくて、お互いの意志がぶつかってぐっと停止しちゃうっていうのはよくわかるし、そういった緊張感の高まる場面ばかりだとちょっと読んでいてきつかったりするのだけど、でもそんな中をヘロヘロ泳ぎまわっている星司くんがいるのがいい。サイトウさんと一緒にヘローンとして、しかも猫に脅迫されていたり（笑）。

余談だけど、私は猫のハットリにほんとうに惚れまくっていて、あれはもう最高ですよ！　すべてハットリが持っていった感じがするくらい。障子のところにふーっと影が出てくるシーンとか、「ニボシヨコセ」って星司が恐喝されているところなんか最高だった。お賽銭のときからそうだったけど、「凶悪猫だ、こいつ」って（笑）。

**佐藤**　昔うちで飼っていた猫がちょっとあんな感じだったの。すごく性悪な猫で、小3のときに拾ってきたんだけど、自分が一人っ子だったこともあって一緒に育った感じで、ケンカ相手だったんだよね。だから猫はああいう悪い感じになる（笑）。

**上橋**　もう最高だったよ。サイトウさんとかハットリのところを読んでいると、夜の神社の匂いがするんだよね。田舎で夏休みを過ごしたりしたときのことを思い出すんだけど、夏の夜の人がいない時間の神社の匂い、あの湿度の高い匂いを「ああ、こういう感じ」って思い出したりした。

またその時間の神社って本当に怖くてね。千里ちゃんじゃなくても行くのはイヤだと思う。千里ちゃんは臆病ではないし、基本的に自分の力でなんとかできることだったら、むしろ、何も怖いものなんてないんだよね。でも、自分の力がそもそも及ばない、領域の向こう側っていうのは怖い。

**佐藤**　そうそう。

**上橋**　そのへんもやっぱりバルサに似てると思った。自分の力でできることは自分でなんとかするけど、そうじゃないことはタンダにお任せしちゃう人だから。バルサも自分にそんな能力が生じたらすごく嫌がるだろうな。

**佐藤**　たしかに、そうかもね。

**上橋**　だから星司くんと千里ちゃんのやりとりを見ていると、タンダとバルサを連想して、勝手に親近感を抱いてた（笑）。

**佐藤**　力のある人ほど、自分のその力の通用しないものには恐怖を感じるだろうね。

**上橋**　たとえば、私はどちらかと言うと学者タイプでしょ？　だから、子どもの頃は妖怪博士だったの。何故かと言うと、妖怪が怖かったから。怖くて仕方なかったから、対処方法さえわかれば怖くなくなると思って、妖怪のことを一生懸命調べたのね。足が天井から出たらその足を洗えばいいとか（笑）。そういうのを頭のなかにメモしておくことで、怖さを自分でコントロールしようとしていた。『シロガラス』を読んでいて、子どものころの怖いという気持ちと、それに自分で対処しようとしていた気持ちをすごく思い出した。

## 丁寧に見つめることのリアル

**荻原**　千里ちゃんって、タイプとしてはすごく主人公キャラなのに、なんだか意外と普通なんだよね（笑）。

**佐藤**　あれもちょっと予想外でした（笑）。

**荻原**　周りのキャラクターが立ってきちゃったのかな。

**上橋**　きっと誰だって最初は千里ちゃんが主人公だと思って読もうとすると思うの。

**荻原**　だいたい型にはめて、千里ちゃんが主人公かなー？みたいにね。

**上橋**　それできっと途中で礼生といい関係になるんだろうな、とか思いながら読んじゃうんだけど、でもそこは性悪猫ハットリの佐藤さんだから（笑）、掛けてきたハシゴを容赦なく外す。飛んで来た賽銭を箱に入れさせるものかといった感じで。

**佐藤**　あまのじゃくな性格なんだよね。ほとんど無意識レベルで、常に裏目裏目を行きたいっていうのがあって。

**荻原**　でもそれが出来るのは、本当に物語をいっぱい読んできた人だからだと思うのね。山ほど正統派を知っているからこそちゃんと裏目が拾える。

**上橋**　ほんとだね。そういえば、前に荻原さんも「いかにも行きそうな方向には行かないようにというのを一番考える」って言ったじゃない。私もやっぱりそれがあって、もしかしたら作家にはみんなそういうところはあるのかも。

**佐藤**　常に裏切ることをどこか念頭においている（笑）。

**荻原**　楽をしようと思ったらそこに行ってしまうような話の方向があっ

て、でもそれはやりたくないって思うんだよね。

**佐藤**　そうだねえ。

**上橋**　その点についても、佐藤さんの場合にはきっと、やっぱりひとりひとりを丁寧に見つめることで、自然とその安易な方向に行かないで済んでいる。その部分は今回の作品でも自然ににじみ出てきているところだろうね。

**荻原**　それもやっぱり佐藤さんの「ウソだ！」が生む世界でしょう（笑）。さっきの話のとおり、佐藤さんはもう一歩進むのよね。もう一歩、語られていないところまで行くっていうのがなかなかできることじゃないと思うの。それはどうしたって苦しいんで、大抵の人は楽をしようとして、物を型に嵌（は）めて見てしまう。

**上橋**　それで言うと、周囲が状況についていけなくて茫然としてても、有沙だけはちゃんと「よろしくないでしょ」と、言っちゃうところに佐藤さんの声が重なって聞こえた（笑）。きっと自身がその場にいたら佐藤さんはそう言うだろうなって。

**佐藤**　有沙にはやっぱり役回りとしてそういうことを負ってもらってい

るよね。つまり私がこの作品に対してツッコミたいところ。

**上橋**　有沙はツッコミキャラで、それができる目を彼女はちゃんと持っている。その目があるところがやっぱり他でもない佐藤さんの作品ということなんだよ。

**佐藤**　でもそれってやっぱり大変で、自分で言ってしまうけど、私が細かなところのリアルにこだわってずーっと書いてきたというところでは、人の気持ちにしろ、いろんなシチュエーションにしろ、コンマ以下何桁(なんけた)かの世界でほんとうにそうなのかどうかという追求をずっとやってきたと思うのね。そういう頭の人間が、ある日いきなり変なことができるようになりましたっていう話をどう書くか？というのはけっこう大変な悩み（笑）。

**上橋**　いま言ったような零(れい)コンマ何秒かのリアルは、佐藤さんにしか書けないんだよ。その鮮烈なリアルさがあるのに、そこから「ありえないでしょ」ってツッコミを自分で入れながら書かなきゃいけない世界をつくることをしちゃうのも……これもまた佐藤さんらしいって思うな（笑）。

**佐藤**　我ながら、よくやるよね（笑）。

**上橋**　でも、もともとこういうのも好きだったんでしょ？

**佐藤**　それはもちろん。だから書いていて楽しい。

**上橋**　そういえば、この作品からは私が昔大好きだった、今はあまりなくなってしまった漫画のいい匂いもするね。ハットリの登場のしかたとかツッコミの入れ方がそうで、昔の漫画ってかなりリアルだったなって思うんだよね。ドラマをつくりあげつつ、すごくリアルだった、そういう作品の匂いを思い出しました。

**荻原**　そこの部分って読んでいて笑えるし、だからそのぶん肩の力が抜けて見えるんだよね。作品の中に強弱があって、けっこうギリギリまで絞ってくようなところは『シロガラス』にもあるじゃない？　コンマ何桁の線をひくための神経集中みたいなのが。それが、ハットリみたいなのが出るところでは力がふーっと抜ける。だからこのお話は笑いながら読んでもいいんだ、みたいな感じになる。『しゃべれどもしゃべれども』もそうだったけど、要所要所で笑えるところが来るのがいいよね。

**上橋**　私もそう思う。たとえば『聖夜(せいや)』(59)なんかだと、佐藤さんはギリギリ



(59)『聖夜』
佐藤多佳子による〈School and Music〉シリーズの一冊。主人公・一哉が、唯一心を解放できるのはオルガンを弾くことだが、これは家族の因縁の楽器でもあった。ミッションスクールを舞台に、オルガンとともに様々な音楽が鳴り響く。

りのところまで行くから、こっちも読んでいる間ずっとギリギリな感じになる。今回ももちろん、そのギリギリの感動はあるんだけど、それだけじゃない。

**佐藤**　今回は最初から、コメディを書きたいというのもあったんだよね。

**上橋**　荻原さんの『RDG』で、白い犬が出てきたとたんにすべてが持っていかれてしまったのにも似ているかも？　みんな犬とか猫で持っていくんだもんなあ。ずるいよ！（笑）

**一同**　（笑）。

**佐藤**　動物は強いから（笑）。

**荻原**　でも、佐藤さんは動物の書き方もやっぱり上手だと思うのよ。星司くんが動物と話せるようになるところでも、動物たちが人間のようにしゃべっちゃうと台無しなのよね。超能力を獲得したとはいえ、それでもわかりそうでなんとなくわからないというあの雰囲気がすごく動物らしい。

**上橋**　猫の気持ちで煮干ししか出てこないところとか、言葉よりも煮干しとエサ皿をイメージした方が通じるとか、あの感じはすごくよくわかる。動物はきっとそうするだろうなって。

**荻原**　だから結局どこまでもリアルなんだよね。

**佐藤**　あれは最初からああ書こうと思っていたわけじゃないんだけど、書いていくうちに、やっぱり動物が人間の言葉でやりとりをするのは「ウソ!」と思ってしまって、それで詰まっちゃったんだよね。

**荻原**　その大変さ、わかる。でも、ちゃんと工夫してもう一歩進めるところがすばらしい。

**上橋**　以前にエッセイで書いたことなんだけど、私は『ゲド戦記』で龍がしゃべった瞬間にふっと気持ちが物語から遠ざかってしまったことがあったのね。さすがにル゠グウィンだから、古(いにしえ)の言葉でしゃべるっていうエクスキューズを持ってきてはいるんだけど、それでもやっぱり龍に人間の言葉でしゃべられた瞬間、異質であり凄く巨大な、向こう側にいる存在ではなくなって、こちらと同じ地平に来てしまった気がした。そこから作品の色が変わってしまったと思ったことがあったんだけど、佐藤さんは変えなかったね。ハットリはそのままずっとハットリだしなあ(笑)。

荻原　どんなに自分と近しいサイトウさんであってもやっぱりまだよくわからないってことだよね。
上橋　佐藤さんはそうしたリアルさについてほんとに妥協がない。その妥協のなさが、いつも佐藤さんの物語を他の人のものとは違うものにしているよね。

## 奇跡的な疾走

上橋　そもそも今回のカラスって、発想としてはどこから来たの？
佐藤　なんだろう？　荻原さんみたいにはっきりとした根拠はないのよね（笑）。
荻原　私だって、そんなにはっきりしてないよ（笑）。
佐藤　いやいや。例えば、『ＲＤＧ』を例にとると、とにかく読みやすいし、和の表現もポップなところがあって、そこがまた魅力なんだけど、扱っているモティーフにはすべてしっかりとした位置づけと意味があるんだよね。神話や伝承の中に正しく元がある。その厳格さを守りながら、ライトなテイストでさらりと書いてしまうところが荻原作品の魅力だよね。私はそのあたりは、すいませんというくらい適当で。神社が舞台↓神社にはカラスがいるもの……その程度じゃないでしょうか？（笑）

**荻原**　カラスを白くしたのはなぜ？

**佐藤**　うーん……黒より白のほうが印象的だから。特別感を求めたことと、孤立しているカラスであるという設定にしたかったので。あとから、荻原さんに白い鳥というのは神聖なものという話を聞いて、なんかラッキー、と思った（笑）

**上橋**　いいじゃんって。たぶんこういうモティーフの扱いについては、ちゃんとしてる二人と私の感覚は違うと思う。

**上橋**　私もけっこう適当だよ。

**佐藤**　ウソだ！（笑）

**上橋**　もちろん書いたあとで、頭のなかの知識とからめて意味づけすることはできるけど、書く瞬間はやっぱりイメージだけなんだよね。たぶん私だったら「シロガラスが飛んできちゃったから」って答えそう（笑）。

**佐藤**　この話を考えだしたのはすごく前で、荻原さんがまだ『ＲＤＧ』の原案を考えるよりも前に荻原さんと一緒に神社に取材に行こうって言ってたことがあったんだよね。

**荻原**　あったあった。そもそも、このお話を書こうと思ったときに最初に降ってきたものは何だったの？

**佐藤**　さっきも言ったように、最初はとにかく子どもが複数でてきて、やりたい放題いろいろと動くというものだった。

**荻原**　そのときにはもう神社は降ってきていた？

**佐藤**　それに神社が合体したってわけ。私にとって神社というのは不思議空間だったから、子どもたちが動くのは神社がいいってことで、こういう話になった。

**荻原**　だからファンタジーっぽくなったわけね。

**上橋**　でも、これだけの人数を動かすのはすごくめんどくさいんじゃないか、と、私はあらためて思ってしまうよ。

**佐藤**　上橋さんのほうがいつも大勢を動かしてるでしょ（笑）。

**上橋**　いや、私は、主役級は多くないからさ。こんなに大勢を同じレベルで動かすのってめちゃくちゃ大変じゃない？

**佐藤**　読む人がものすごく混乱するんじゃないかという不安はありまし

たね。

**荻原**　ぜんぜん混乱しなかったよ。ただ、もう少し個人によりそった話をいくつか書いて、それでエピソードがつながっていくのかと思っていたんだけど、意外にまぜこぜできたよね。

**佐藤**　そうだね。私はだいたい一人称で書いているから当然一視点なわけだけど、それがいきなり六視点以上になったので、むちゃくちゃ大変だったし、ちゃんと読めるものになっているかぜんぜんわからなかった。

**上橋**　これは五〇歳になってから始める仕事じゃないよ。佐藤さん体力ありすぎ（笑）。

**佐藤**　精神的なエネルギーを使ったよね。多少なりともこれまでやってきたところでの積み重ねとか経験値みたいなものがほとんど活かせないんで（笑）。

**上橋**　きっと読んだ人は、佐藤さんがこれを書いたの？ってびっくりすると思う。

**佐藤**　形としてはだいぶ違うんだけど、でもやっぱり二〇年くらい書いてきたというのがあって初めて書けたのかなとも思う。もっと前にやろうとしたらきっと書けていなかった。そのくらい難しかったと今でも思うしね。

**上橋**　私には、まったく相容れないように見えるふたつの書き方がひとつに合体しているような感じがあるから、このまま最後まで走り抜けたら奇跡的だと思うんだけど、佐藤さんはどうも成し遂げそうだからな。

**佐藤**　最後まで行けるかなあ。

**荻原**　佐藤さんの意識に上がってなくても、意識下のところではもう最後まで見えているんじゃないかな。もうここまでの枚数を書いたんだから、これからこけることはないよ。

**佐藤**　そうした感触はたしかにあるんだけどね。

**荻原**　『一瞬の風になれ』を一〇〇〇枚書いちゃった人だから（笑）。あれだって途中で本人はよれよれしたことを言ってたくせに書いちゃったでしょ。

**上橋**　それを聞いて安心した（笑）。佐藤さんも『一瞬の風になれ』を書いているあいだはよれよれって言ってたんだ。

**佐藤**　自信のあったためしなんて一回もなくて、上手く書けたと思ったこともないから、自分の作品がまともに読めるようになるのって文庫化のゲラを読むときなんだよね。だいたい三年たつと冷静に見られる（笑）。

**荻原**　私はそれすらないよ（笑）。しかも、これは完結する前に出していくわけでしょ。完結より前に反応が出るとプレッシャーすごいよ。

**佐藤**　そうだよね。

**上橋**　私がいつも二人がすごいなと思うのは、変な言い方だけど、大きな物語としては完結しないままで世に出しているじゃない？　怖くない？

**佐藤**　だってしょうがないじゃん（笑）。

**上橋**　でも、出しちゃったら書き直せないでしょ。私は途中ですごく変わっていくからさ。

**佐藤**　最後のほうを書いているときに、最初の部分を変えたりするってこと？

**上橋**　そう。細かいディテールが主だけど、けっこう、めちゃくちゃ変える。

**佐藤**　それは怖い（笑）。

**上橋**　だから、連載ができないんだよ（笑）。

**佐藤**　最後のまとめにあたる『天と地の守り人』なんかは、三巻分をまとめて書いたの？

**上橋**　あれはさすがに一気に書けたね。いちばん書けなかったのはひとつ前の『蒼路の旅人』。ラストを二〇回くらい書き直しました。『蒼路の旅人』は執筆の途中で博士論文を書かなくちゃいけなくて、だから頭がぜんぜん別なほうに行っちゃったことも大きかった。ヒュウゴにさらわれたくらいまでを書いたところで博士論文に入っちゃったから、そのあいだの一年ぐらい原稿を置いちゃったんだよね。そうしたら、チャグムが何をするつもりだったかがわからなくなっちゃって（笑）。ラストシーンが見えなくて、何を書いてもミットにストライクが入らない感じ。バシーンって音はするんだけどね。つまり、作家だからそれらしい結末は書けちゃうんだけど、でも歯がうずくような感じ、ちゃんとした音が響いてない感じがずっとあった。

**荻原**　そこで納得いかないってがんばるところが上橋さんだよね。あそこでチャグムが飛びこんだおかげでそのあとも出てくるわけでしょ？

**上橋**　そうなの。あるとき突然「思い出した！　飛び込んだんだ」って（笑）。

**一同**　（笑）。

**上橋**　そうやって彼が飛び込んだ瞬間に、あとの『天と地の守り人』の三部作がぼやーんと頭の中で書ける気になった。三部作が一番安産だったね。あれも今考えると奇跡だったかも。

**佐藤**　大きな話のつじつまを全部合わせなきゃいけないわけでしょ。

**上橋**　でもね、つじつまを合わせる必要すらなかったの。そういうかたちで生まれてきたから。

**荻原**　やっぱりそれも、意識に上らなかっただけで、すでに体のなかにはあったんだよ。

**上橋**　それと同じで佐藤さんのも、きっともう体のなかにはあるね。

**荻原**　きっと子どもたちが連れてってくれると思うな。

**上橋**　生きているから、めちゃめちゃな方向に行くかもしれないけど（笑）。例えば、一巻の始めで、子ども連中が集まって神楽を舞えって言われたところを読んだときは「舞えないだろー」と思ったのよ。あの連中が一緒になって動く姿がまったく浮かばなかった。だから、それがいつのまにか動いて、まとまっていくのが不思議で、これが佐藤さんならではだなと思った。

**佐藤**　そこは意識していて、普通はぜったいに一緒にいないだろうなというところから始めてみた。

**上橋**　友達にまずならないだろうって子たちがああなっていくのがすごく自然な流れで、やっぱりそれが佐藤さんの佐藤さんたるゆえんなんだよね。

## 名前の問題

**編集部**　キャラクターの名前がみんな「名は体をあらわす」ものになっていると思うんですけど、やはりそれぞれのキャラクターのイメージに基づいての命名なんでしょうか。

**佐藤**　そうですね。やっぱり私たちの仕事は目が文字をキャッチすることで成り立つので、形が大事なんです。だから、耳に響く音よりもむしろ目で見える字面の並びがその子の印象とつながるものになるようにしたいので、名前はけっこう悩みます。今回の場合は、一応現代の話なので、あまり古臭い名前でなく、かと言って当て字っぽくもならないようにしようと。

**編集部**　礼生くんの「礼」を「生きる」という漢字はもちろん、音的にも「レオ＝ライオン」というのはすごくイメージどおりでした。

**佐藤**　でも礼生くんの名前はじつは途中で変えてます。もっとダサい名前だったんだよね（笑）。合わせて設定もちょっといじっています。

**上橋**　本当にひとりひとりの名前が体を表しているよね。千里を走りそうな千里ちゃんと、星を司る星司くん。数っていういちばん動かしがたいものを考える数斗くん。しかも斗だから秤だもんね。

**佐藤**　そうね。「人」とも書いてみたんだけど、「すうにん」って読めちゃうのでやめた。

**上橋**　漢字で名前を作れる人はうらやましい（笑）。私のはカタカナ名だからなあ。名前って、いろんなものを引き寄せるじゃない？　漢字で書いた時点ですでに中国語か韓国語か日本かの漢字文化圏のイメージがついてきちゃうから。

**佐藤**　上橋さんみたいにカタカナを使って無国籍的に、でも個性を出してっていうのは難しいよね。

**上橋**　佐藤さんはさっき「目で見える字面の並び」って言ったけど、私の場合は音で勝負するしかないからさ。

**佐藤**　〈守り人〉や『獣(けもの)の奏者(そうじゃ)』は、どこかオリエンタルなニュアンスがあるよね。

**上橋**　音でもやっぱり文化性は出てくるからね。さすがに「キャロライン」は書けない（笑）。

**佐藤**　たしかにバルサがキャロラインだったら変ね。「キャロラインは短槍(たんそう)を構えて……」（笑）。

**上橋**　講演会をやると必ず出る質問として、どうやって名前を決めますか？っていうのがあるんだけど、私はやっぱり音の響きだと思う。バルサって音は強いよね。タンダだと優しい感じ。バルサがキャロラインだと絶対だめでしょ？っていうのは必ず笑いが起きる私の鉄板ネタ。やっぱりキャロラインやスーザンは、短槍は構えないよ（笑）。

**佐藤**　構えたとしても金髪の巻き毛が肩のあたりとかでほわほわしていて、荻原さんがちょっと書きそうかもしれない（笑）。『西の善き魔女』みたいに。

**上橋**　『西の善き魔女』は、文化と名前のイメージをすごく意識的に一致させているなと思いながら読んでいたよね。あれはおとぎ話的なニュアンスも入っているから、フィリエルやルーンでぴったりハマる。『RDG』の泉水子も世界観に合ってるし。

**佐藤**　『RDG』の登場人物の名前はみんなすごくハマってるよね。

**荻原**　あれは相当考えたから。

## 『サマータイム』から『シロガラス』へ

**編集部**　佐藤さんの話はちょっとずつ全部をずらしていくっていうのは本当にその通りで、有沙と美音のシーンとかでも、まさかここで美音がこんなに主体的に行動するとはみたいなのがあって、しかもそのときに美音はもちろん、それを受け止めている有沙もお互いにとまどいつつも動いていくという感じがすごくヴィヴィッドに伝わってきました。先ほど出た礼生と千里の蹴りのシーンにしても、普通の書き手だったら蹴りを入れてそれが当たる／当たらないっていうところにフォーカスすると思うんですけど、佐藤さんは蹴りを入れる前のお互いの覚悟というか、柔道でいう位取り（くらいど）のような駆け引きのプロセスにものすごいバトルがあるということを書くところが特徴的だと思います。

**上橋**　しかもその横で、有沙がありえないでしょ、と考えてるところとか。

**佐藤**　私に当てないでよってね（笑）。

**編集部**　あそこのやりとりで本当に礼生の人物がぐっと立ってくるし、千里もいわゆる主人公キャラ的なものでない他ならぬ千里という人物の輪郭がはっきりしてくる。そういうところが至るところにあるんですよね。

**佐藤**　今回は逆に六人いることで、ある意味でやり易かったというか、ひとりの子を表現するのに別の五個の視点を持てるということれまでできなかった面白さがありました。この子にとってこの子はこう見える、でもこの子にはこう見える、っていうのをちょっとずつ入れていくと、非常に多角的にその子が見えてくる。

**上橋**　六人を動かすのにそういう視点でやっている人ってあんまりいないと思う（笑）。

**佐藤**　たとえば蹴りのところで美音が見ていたものと有沙が見ていたものは、違ってるんだよね。同じ出来事でも違う体験になる。

**上橋**　『羅生門（らしょうもん）』的だよね。「羅生門式調査手法」ってのがあるんだけど、それに似た視線の在り方が自然に流れている。きっとそれは、もともとの資質として佐藤さんの中にあるものだよね。

**佐藤**　あるかもしれないし、これをやるのはとても面白いんだけど、でもそれが読者にとってひとつのまとまったシーンとして立ち現われてくれるかはまた別問題だからね。とりあえず書き終ってみないと、ちゃんと書けているかどうかは常にわからない。それこそ、ひとつのシーンにふたつ以上の見かたとか感じかたがあるから。

**上橋**　それを狙ってやろうとすると、うるさくなるよね。収拾がつかなくなりがちだし、読んでいるほうでももたつきを感じたりするんだけど、佐藤さんはもたつかせないし、多角的に描くことでどんどんキャラが活き活きしてくるから、すごい。

**荻原**　きっと取捨選択の問題なんだと思う。流れを壊さないでそれをやるための。

**上橋**　そう、流れなんだよね。クローズアップのやり方として、個人の内面を見せるクローズアップと物語の流れを見せるクローズアップがあるわけだけど、それだけじゃなくて、ひとりひとりのクローズアップの視点のあて方、時間の強弱のつけ方が絶妙だと思う。

**荻原**　それができるのは、きっと二〇年の年季もあるよね。

**佐藤**　長いこと書いてきて、体で覚えてきた何かはあると思う。これ以上行ったらいけないとか、もうひと押しできるっていうのをおそらく無意識にやっているのかもしれない。書いていてつくづくこれはキャリアがなければできなかったなと実感してる。

**荻原**　セオリーとかそういうものじゃないものね。本当にセンスの問題だから。

**佐藤**　漠然と一冊の本の容量を思い浮かべた上で出し入れするんだろう

ね。

**上橋**　例えばアニメの声優さんが何分何秒の時間内にちゃんとセリフを入れる呼吸なんかもそうで、あれは、ここで「あ」を入れてくださいとかって話ではない。タイミングとか呼吸みたいなものを自分でいつの間にか体得（たいとく）して、この感情をここで強調しちゃうと零コンマ何秒長くなっちゃうというのが、頭で考えなくてもできるようになっている。

**佐藤**　でも、みんな多かれ少なかれやってることだよね？

**上橋**　そうなんだけど、佐藤さんの場合は、それが物語の動かし方のなかに特徴的に見えるのよ。

**佐藤**　人数が多くて処理が難しいところがあるからかな。

**上橋**　それを、難しさを感じさせずにスムースに流れていけるところに。

**佐藤**　たしかにあまり直しとかはしていないのね。ほぼ書いてそのまま。

**荻原**　リズムって、直すとかえって狂うよね。

**佐藤**　直さずに済むのならそれがベストだと思う。それで荻原さんに訊きたいんだけど、巻を重ねていくとどんどん世界が固まっていくじゃない？　そこから話を収束させていくのはやっぱり大変だった？

**荻原**　プレッシャーが大きいよね。でも、やっていること自体は最初から一気に完結したものを出すのと同じだと思う。書いているときは、これをまとめることから逃げられないって感じで、ちょっとイヤだったけど（笑）。

**上橋**　一巻ごとに読者の感想が出るのもプレッシャーじゃない？

**荻原**　それはむしろあってよかったかな。それを見ながら変えようって気でいたくらいだから。

**佐藤**　何か書いている途中で入ってきた感想が気になったことってある？

**荻原**　どうしても毀誉褒貶（きよほうへん）あるわけだけど、感触としてなんとなく、ああ伝わったかな、というのがあればOKだなという感じ。あと、私が好きな場面をちゃんと好きになった子がいてくれたら、間違ってなかったなと思うくらい。

**佐藤**　上橋さんも〈守り人〉を長い期間かけて刊行していったけど、読者の感想が作品に影響したってことはあった？

**上橋**　バルサとタンダに関してみんなこんな風に見ているのか、と思ったのはあったかな。やっぱり男女が出るとみんなくっついてほしがるね（笑）。まだ『夢の守り人』を書いたくらいのときに講演をしたんだけど、大人に混ざって小学校二年生くらいの女の子が一番前に座って、身を乗り出すようにして一時間半の話を聞いていた。終わって、「質問がある方は？」って司会の人が言ったときにその子がパーッと手を挙げて「バルサとタンダは結婚しますか！」って質問をして。この子はこれが訊きたいがために一時間半も座ってたのかと（笑）。

**佐藤**　何て答えたの？

**上橋**　「内緒」って（笑）。だけど、読者の期待はたしかに感じるんだけど、あまのじゃくというわけでもなく、それで自分の作品が変わるのも違うなって思うでしょ。だから、感想をどこまで読むかという線引きは難しいよね。

**佐藤**　私も『一瞬の風になれ』のときに、さんざんあの二人はどうなるの？って言われた（笑）。

**上橋**　私も言っちゃった（笑）。

**佐藤**　読めばわかるだろ！って思うんだけど。

**上橋**　そう言われた（笑）。いや、もちろんわかっちゃいるけど、そのシーンが実際に書かれたのを読みたいのよ。まあ、こういう気持ちで私も言われてるってのはわかるんだけどね。

**佐藤**　『RDG』はそこをきっちり書いてくれたよね（笑）。むしろ、深行くんここまでやるか!?って想像の斜め上を行くくらい（笑）。

**荻原**　でも、ああいうラストになるとは思ってなかったんだけどね。

**上橋**　え、そうなの？

**荻原**　そうなのよ。我ながら不思議とああなった。

**上橋**　やっぱり人間って不思議と頭の中に、物語はこうなっていくだろうっていうのがあるのかな。人類学で呪術の研究をしていたときにすごく面白い話があって、呪術がなんで効くのかっていう話なんだけど、実際に呪いが効いてひとが本当に死んじゃったりするのは、人間の頭の中に物語装置みたいなものがあって、その装置のスイッチが入っちゃうと、自分で考えるまでもなく物語が頭の中で動いていっちゃう。それが外の現実とピタリと一致したりすると、抗いがたく呪いがかかってしまうのではないかと。そういう物語装置をみんな持っているから、呪いが効いちゃう場合が出てくるのでは、と。

**荻原**　物語をつくろうというとき、そこにはすでに型みたいなものがあるんだよね。それに思いっきり逆らったりしてもいいものにはならない。

**上橋**　どこか居心地の悪さというか、あ、逆らったな、というのが見えちゃったりね。

**佐藤**　ある程度はその型に沿わないといけないのはあるね。途中までは予想どおり、でもその先は裏切って、という話が面白いという感覚はある。

**荻原**　沿うのと裏切るのの塩梅が難しくて、ライトノベルの世界だと、読者に先行きをどんぴしゃで予想されちゃって、作者が用意していたものが書けなくて困ったってこともあるみたい。

**佐藤**　読者もそれだけ先が知りたいし、だからこそものすごく考えるんだよね。

**上橋**　最近はもう自分で二次創作したりね。

**荻原**　そういうことはきっと昔から、それこそ『源氏物語』の時代からやってたんだよね（笑）。いまはそれがわりと手軽に印刷できて、コミケみたいな場で比較的容易に売ることができるようになったのが違うだけで。でもそうしたくなるほど、そのひとの中でキャラクターたちが生きてるっていうのはすごいことだと思うけど。

**上橋**　さっきオチが先に書かれちゃったって話があったけど、最近ちょっと「オチが読める、読めない」ということにこだわりすぎている気がするね。推理小説じゃないんだし、物語って実はオチのために書いているわけじゃない。落としどころというのは確かにあって、どう落とすかは作者の技だけど、でも最初の一文字を書きはじめたところから最後までの、そのあいだに満ちているものがやっぱりものすごく大きいわけだから、途中でオチが読めたから面白くなかったみたいな感想を見ると、その読み方は楽しいのかなあと思うのね。

**荻原**　確かにオチと伏線(ふくせん)とネタバレということに関して、最近はちょっと過剰だよね。それがダメだとすべてがダメみたいな言い方がされる。

**佐藤**　ストーリー性の高いものほどそういうものにさらされる気がする。

**上橋**　それはやっぱりひとは物語の流れを意識するからってことだよね。でも、佐藤さんの『サマータイム』で最後のオチがどうしたこうしたって言うのはちょっと変じゃないかなって思う。

**佐藤**　恋愛ものだと、このなかの誰と誰がくっつくのかみたいなことはあるけどね。でもそれだって、最初から明らかにわかっちゃうものよりは、わからないもののほうが面白い。

**上橋**　そうそう。ただ一方で、わかりきったほうに行ってほしいという欲望も人間にはあってそこが難しい。その点で佐藤さんがすごいなと思うのは、よくみんな主人公に心を乗せて読むということがあるけれども、佐藤さんの書く主人公はすごくとんがってたりして心を乗せにくい人がけっこういる。でも、読んでいくうちに気にならなくなってきて、むしろずっと感情移入するんだよね。

**佐藤**　『聖夜』の主人公なんかは、これは共感してもらわなくてもいい、こいつのことは嫌いでいいからね、ということを思いながら書いていたんだけど、あれは読書感想文の課題図書になったこともあって、思ったよりも若い子が読んでくれた。そうしたら、意外とみんな素直に感情移入して読んでくれたんだよね。もともと時代的にも古い設定の話だったし、入りにくいだろうと思っていたわりには、普通に鳴海(なるみ)くんが感じたこととか、誰が誰を好きだとか、そういうところを読んでくれていて、びっくりしたし、すごくうれしかったな。

**上橋**　『聖夜』も『サマータイム』も、私はけっこう入りこんで読んだよ。やっぱり最初のうちは佳奈ちゃんがすごくノレないタイプだったけど（笑）。

**佐藤**　あの子は賛否両論あるねえ……。

**上橋**　そのノレなさって、まず最初のひと言が「よくわかんない……」っていうのがあると思うんだけど、途中で佳奈ちゃんとつつじの花のシーンがあるじゃない。あそこであっという間に彼女の中に入ってしまって、彼女が泣いちゃう気持ちがすごくよくわかったの。風呂に花をバサっと入れる時のちびの進の気持ちもとてもわかるしさ。こいつが主人公タイプだろうなとこっちが勝手に物語として読んでしまっているところが、読み進めていくうちに消えていく、心地良く裏切られていくのが佐藤さんの作品の特徴だなって毎回読んでいて思う。

**荻原**　私は短編としての「サマータイム」が弟視点で書かれているというのがすごい仕掛けだと思った。上手いよね。佳奈が主人公じゃなくて弟が見ている世界で、その弟にはむしろ好きな人を取られたような残念さがきっとあって、それがどこかに出てきているのが「サマータイム」の曲調の哀感（あいかん）になっている。弟の視点というのが大事で、だからこそ佳奈はエキセントリックな美少女でいい。逆にエキセントリックな美少女の一人称だったらこの話はダメになると思う。

**上橋**　今回、ずいぶん時間を置いて読み直してみたんだけど、種田（たねだ）さんに衝撃を受けたね。広一（こういち）のお母さんと結ばれるあのへろっとした男を、佐藤さんの執筆当時の年齢で書いたっていうのがすごいな、と思った。最終的に結婚相手としてはこの男だというのを二〇代の女性が書いているんだからね。あれは大人だったらみんな頷いてくれるんじゃないかな。

**佐藤**　冴（さ）えないおやじだよね。

**上橋**　空気も全然読めないような人だけど。

**荻原**　やっぱりあの作品は童話じゃないんだよ。単行本の帯では「童話」ってなってるけど（笑）。

**佐藤**　でも、これはやっぱりYA（ヤングアダルト）だなっていう意識が自分ではかなりある。

**荻原**　たしかに余計なものが入っていないという意味ではそうかもしれないけど。

**佐藤**　自分で言うのはあれだけど、いい意味で生なのね。

**上橋**　たしかにすごく生だね。

**佐藤**　あの年齢だったからこそ書けた話だと思うけど、今でも読み返すとかなりこっぱずかしい（笑）。

**上橋**　他人から言わせてもらうと、これでデビュー作なの？って出来だけどね。

**荻原**　でも意外と文体とかは変わっていないと思う。

**佐藤**　そうなの。私も昨日ちょっと読んだけど、文章は意外と変わってないと思った。

**上橋**　これを書いた人がやがては『シロガラス』を書くんだから面白いよね。

**佐藤**　なんかやっていることがバラバラだよね。

**上橋**　それが、むしろ佐藤さんらしい。これまでは佐藤さんカラーで統一性があったと思うけど、そこから『シロガラス』が出てきたのには、本当にびっくりした。しかもぜんぜん違うのに、佐藤さんっぽさもちゃんとある。ほんとこれがどういう結末に至るのか楽しみで楽しみで。このままだと生殺しだから、佐藤さん早く書いて！

**荻原**　早く書いてください（笑）。

## 侵入者？——**佐藤多佳子**

三回目の鼎談は、二〇一三年九月、二回目から約半年あとに行われました。

待ち合わせに十分遅刻という悪い癖のある私は、プライベートで三人で会う時も、必ず最後にのこのこ現れることになるのですが、こんな重要な仕事の日も、ぎりっぎりにホテルの部屋に駆け込みました。関係者一同着席して一見厳粛に見える場に二分くらい遅れて、すみませんすみませんと恐縮する私に、「思ったより早かったね」「私の勝ちだな」と笑顔の荻原さん、上橋さん。私がどのくらい遅れるか、賭けをしていたようなのです。

そして、鼎談本に載せるこの原稿も、もうお二人はとっくに仕上げていて、私は、今、締切と横並びな感じで、あせあせと走っています。

この三回目の鼎談は、この単行本のために行われたため、まだ世の中に出ていません。前の二回をお読みになっている方々も、これは未読、そして必読！　今回のテーマの佐藤のことだけでなく、荻原さん、上橋さんご自身の創作にかかわる重要な話が、自然な会話の流れとして色々と出てきます。三回目になり、鼎談も、いよいよスムースに活発に、そして、さりげなく深い話へと発展しています。

さて、この三回目は、かなり珍しい鼎談になりました。まだ、一文字も世に出ていない私の新しい作品を原稿の段階で、お二人に読んで言及していただくという、たぶん前代未聞？の場となったからです。

シリーズものの児童文学の長編で、三巻目までの原稿をお二人に読んでいただきました。まだ、内容的には序盤です。長さ、スタイル、一応ファンタジーとくくれそうなジャンル、どの要素をとっても、私には初挑戦、未知の領域となります。

長編ファンタジーの二大巨匠の前に、キャリア的にリアリズムの書き手である私が、未完成の草稿を差し出していいものかと、正直、どんぶり十杯ぶんの冷や汗を流しました。同じ敷地とはいいませんが、隣の庭くらいまでは、うっかり侵入してしまっているのです。捕まったら命はない……ような気分なのに、行くと宣言しているわけです。さて、どのようなスリリングな展開になるのか？　もし、このあとがきからお読みの方は、ハラハラドキドキして、本文にお進みください（笑）。

冗談はさておき、原稿の段階で三巻もの長さを読んでいただいたお二人に、言葉に尽くせない多大な感謝を捧げます。いただいた言葉の一つひとつを胸に刻んで、このシリーズをなんとか完走し、良いレースにしたいと思います。

たまたま順番として最後になってしまったので、締めのような言葉を少し書いておきます。

まず、この本を手に取っていただき、ありがとうございました。私は、自著を「いいよー！」と宣伝するのは苦手ですが、この鼎談本は、サッカー日本代表戦ホームレベルの総音量で「いいぞおーーーーー！」と絶叫したいです。

作家が三人で本気で仲良くしているのは、そんなにありふれたことではないらしいです。よく言われます。珍しいね、素晴らしいですね、と。本書をお読みいただくと、ただ、年齢が近く、気が合うというだけでなく、お互いの創作活動への大きなリスペクトと共感がバックボーンとしてあることが、おわかりいただけるかと思います。

皆多忙なので、会うのは年に二、三回なのですが、なにしろ、頻繁にメールをします。そんな稀有な関係性から生まれた、物書き同士のわりと遠慮のないポップで深い会話を楽しんでいただけると幸いです。

最後に。

上橋さんが、国際アンデルセン賞という、児童文学界のノーベル賞ともいうべき大きな賞を受賞されました。まずはメール、次に電話で、上橋さんの受賞直後の喜びというよりは（とっちらかった）驚きの声を聞けたのは、友人冥利につきます。

受賞後の上橋さんのあまりの多忙ゆえに、まだお祝いもできていないので、早く、三人で祝杯をあげたいものです。荻原さんと私からの素敵なプレゼントは、とっくに用意してあるのです。上橋さんの新作（私の新刊と同じ発売日となりました）にちなんだ、素敵な品です。早く、会って渡して、長い長いおしゃべりをしたいです。

# 主要著作リスト

## 上橋菜穂子

■単作

『精霊の木』（偕成社一九八九年→改定新版二〇〇四年）

『月の森に、カミよ眠れ』（偕成社一九九一年→新版二〇〇〇年）

『狐笛のかなた』（理論社二〇〇三年→新潮文庫二〇〇六年）

『鹿の王　（上）生き残った者』（角川書店二〇一四年）

『鹿の王　（下）還って行く者』（角川書店二〇一四年）

■〈守り人〉シリーズ／〈旅人〉シリーズ

『精霊の守り人』（偕成社一九九六年→軽装版二〇〇六年→新潮文庫二〇〇七年）

『闇の守り人』（偕成社一九九九年→軽装版二〇〇六年→新潮文庫二〇〇七年）

『夢の守り人』（偕成社二〇〇〇年→軽装版二〇〇七年→新潮文庫二〇〇七年）

『虚空の旅人』（偕成社二〇〇一年→軽装版二〇〇七年→新潮文庫二〇〇八年）

『神の守り人〈上〉来訪編』（偕成社二〇〇三年→軽装版二〇〇八年→新潮文庫二〇〇九年）

『神の守り人〈下〉帰還編』（偕成社二〇〇三年→軽装版二〇〇八年→新潮文庫二〇〇九年）
『蒼路の旅人』（偕成社二〇〇五年→軽装版二〇〇八年→新潮文庫二〇一〇年）
『天と地の守り人〈第1部〉ロタ王国編』（偕成社二〇〇六年→軽装版二〇〇八年→新潮文庫二〇一一年）
『天と地の守り人〈第2部〉カンバル王国編』（偕成社二〇〇七年→軽装版二〇〇八年→新潮文庫二〇一一年）
『天と地の守り人〈第3部〉新ヨゴ皇国編』（偕成社二〇〇七年→軽装版二〇〇九年→新潮文庫二〇一一年）
『流れ行く者 守り人短篇集』（偕成社二〇〇八年→軽装版二〇一一年→新潮文庫二〇一三年）
『炎路を行く者 守り人作品集』（偕成社二〇一二年）

■〈獣の奏者〉シリーズ

『獣の奏者 Ⅰ 闘蛇編』（講談社二〇〇六年→講談社文庫二〇〇九年）
『獣の奏者 Ⅱ 王獣編』（講談社二〇〇六年→講談社文庫二〇〇九年）
『獣の奏者 Ⅲ 探求編』（講談社二〇〇九年→講談社文庫二〇一二年）
『獣の奏者 Ⅳ 完結編』（講談社二〇〇九年→講談社文庫二〇一二年）
『獣の奏者 外伝 刹那』（講談社二〇一〇年→講談社文庫二〇一三年）
＊そのほか、青い鳥文庫版もある。

■エッセイ・研究書ほか

『隣のアボリジニ――小さな町に暮らす先住民』

（ちくまプリマーブックス二〇〇〇年→ちくま文庫二〇一〇年）
『物語ること、生きること』（構成・文＝瀧晴巳）（講談社二〇一三年）
『明日は、いずこの空の下』（講談社二〇一四年）

**荻原規子**

■単作
『これは王国のかぎ』（理論社一九九三年→中央公論新社C★NOVELS Fantasia 一九九九年→中公文庫二〇〇七年）
『樹上のゆりかご』（理論社二〇〇二年→C★NOVELS Fantasia 二〇〇六年→中公文庫二〇一一年）
『風神秘抄』（徳間書店二〇〇五年→トクマ・ノベルズEdge【上下】二〇一一年→徳間文庫【上下】二〇一四年）

■〈勾玉〉シリーズ
『空色勾玉』（福武書店一九八八年→徳間書店一九九六年→トクマ・ノベルズEdge 二〇〇五年→徳間文庫二〇一〇年）
『白鳥異伝』（福武書店 ベスト・チョイス一九九一年→徳間書店一九九六年→トクマ・ノベルズEdge【上下】二〇〇五年→徳間文庫【上下】二〇一〇年）
『薄紅天女』（徳間書店一九九六年→トクマ・ノベルズEdge 二〇〇五年→徳間文庫【上下】二〇一〇年）

■〈西の善き魔女〉シリーズ
『西の善き魔女 セラフィールドの少女』（中央公

論新社C★NOVELS Fantasia 一九九七年→中公文庫二〇〇四年→角川文庫二〇一三年）

『西の善き魔女 秘密の花園』（C★NOVELS Fantasia 一九九七年→中公文庫二〇〇四年→角川文庫二〇一三年）

『西の善き魔女 薔薇の名前』（C★NOVELS Fantasia 一九九八年→中公文庫二〇〇五年→角川文庫二〇一三年）

『西の善き魔女 世界のかなたの森』（C★NOVELS Fantasia 一九九八年→中公文庫 二〇〇五年→角川文庫二〇一四年）

『西の善き魔女 闇の左手』（C★NOVELS Fantasia 一九九九年→中公文庫二〇〇五年→角川文庫二〇一四年）

『西の善き魔女 外伝 金の糸紡げば』（C★NOVELS Fantasia 二〇〇〇年→中公文庫二〇〇五年→角川文庫二〇一四年）

『西の善き魔女 外伝 銀の鳥プラチナの鳥』（C★NOVELS Fantasia 二〇〇〇年→中公文庫二〇〇五年→角川文庫二〇一四年）

『西の善き魔女 外伝 真昼の星迷走』（C★NOVELS Fantasia 二〇〇三年→中公文庫二〇〇五年）

■〈RDGレッドデータガール〉シリーズ

『RDG 1 はじめてのお使い』（角川書店二〇〇八年→角川文庫二〇一一年→角川スニーカー文庫二〇一三年）

『RDG 2 はじめてのお化粧』（角川書店二〇〇九年→角川文庫二〇一一年→角川スニーカー文庫二〇一三年）

『RDG 3 夏休みの過ごしかた』（角川書店二〇一〇年→角川文庫二〇一二年→角川スニーカー文庫

二〇一三年）

『RDG 4 世界遺産の少女』（角川書店二〇一一年→角川文庫二〇一二年→角川スニーカー文庫二〇一三年）

『RDG 5 学園の一番長い日』（角川書店二〇一一年→角川文庫二〇一三年→角川スニーカー文庫二〇一四年）

『RDG 6 星降る夜に願うこと』（角川書店二〇一二年→角川文庫二〇一四年→角川スニーカー文庫二〇一四年）

■〈源氏物語 紫の結び〉シリーズ

『源氏物語 紫の結び 1』（理論社二〇一三年）

『源氏物語 紫の結び 2』（理論社二〇一三年）

『源氏物語 紫の結び 3』（理論社二〇一四年）

## 佐藤多佳子

■単作

『サマータイム 四季のピアニストたち（上）』（MOE出版一九九〇年→偕成社一九九五年）

『九月の雨 四季のピアニストたち（下）』（MOE出版一九九〇年→偕成社一九九三年）

＊併せて『サマータイム』として文庫化（新潮文庫二〇〇三年）。

『おかわりいらない？』（講談社一九九一年）

『レモンねんど』（国土社一九九一年）

『ごきげんな裏階段』（理論社一九九二年）

『ハンサム・ガール』（理論社一九九三年→フォア文庫一九九八年）

『スローモーション』（偕成社一九九三年→ピュアフル文庫二〇〇六年）

『黄色い目の魚』（短編版、一九九三年）

『しゃべれども　しゃべれども』（新潮社一九九七年→新潮文庫二〇〇六年）

『イグアナくんのおじゃまな毎日』（偕成社一九九七年→中公文庫二〇〇〇年）

『神様がくれた指』（新潮社二〇〇〇年→新潮文庫二〇〇四年）

『黄色い目の魚』（新潮社二〇〇二年→新潮文庫二〇〇五年）

■〈一瞬の風になれ〉シリーズ

『一瞬の風になれ　第1部　イチニツイテ』（講談社二〇〇六年→講談社文庫二〇〇九年）

『一瞬の風になれ　第2部　ヨウイ』（講談社二〇〇六年→講談社文庫二〇〇九年）

『一瞬の風になれ　第3部　ドン』（講談社二〇〇六年→講談社文庫二〇〇九年）

■〈School and Music〉シリーズ

『第二音楽室　School and Music』（文藝春秋二〇一〇年、文春文庫二〇一三年）

『聖夜　School and Music』（文藝春秋二〇一〇年、文春文庫二〇一三年）

■〈シロガラス〉シリーズ

『シロガラス　1　パワーストーン』（偕成社二〇一四年）

『シロガラス　2　めざめ』（偕成社二〇一四年）

『シロガラス　3　ただいま稽古中』（偕成社二〇一四年）

# 初出一覧

I

「[鼎談1]「天」の視点と「地」の視点」（『天と地の守り人〈第一部〉ロタ王国編』、新潮文庫二〇一一年）

「[鼎談2]「物語」の紡ぎ方」（『天と地の守り人〈第二部〉カンバル王国編』、新潮文庫二〇一一年）

「[鼎談3]そして、これからも……」（『天と地の守り人〈第三部〉新ヨゴ皇国編』、新潮文庫二〇一一年）

II

「物語を紡ぐ女神——世界の襞へわけいる力」（『ユリイカ』二〇一三年四月号「特集＊荻原規子——『空色勾玉』『西の善き魔女』、そして『RDG レッドデータガール』…夢見る力の無窮」、青土社）

III

語り下ろし

上橋菜穂子（うえはし　なほこ）

1962年生まれ。1989年『精霊の木』でデビュー。『精霊の守り人』で野間児童文芸新人賞他を受賞、以後〈守り人〉シリーズとして書き継ぐ。2014年、国際アンデルセン賞作家賞を受賞。その他主な著書に、『狐笛のかなた』『獣の奏者』『鹿の王』『明日は、いずこの空の下』などがある。

荻原規子（おぎわら　のりこ）

1959年東京都生まれ。1988年に『空色勾玉』でデビュー、日本児童文学者協会新人賞を受賞。1993年『これは王国のかぎ』で産経児童出版文化賞を受賞。その他の著書に、『薄紅天女』『風神秘抄』『西の善き魔女』『RDG レッドデータガール』『源氏物語 紫の結び』『ファンタジーのＤＮＡ』などがある。

佐藤多佳子（さとう　たかこ）

1962年東京都生まれ。1989年「サマータイム」でMOE童話大賞を受賞してデビュー。『一瞬の風になれ』で本屋大賞、吉川英治文学新人賞受賞。その他の作品に『イグアナくんのおじゃまな毎日』『聖夜』『しゃべれどもしゃべれども』『黄色い目の魚』『シロガラス』などがある。

三人寄れば、物語のことを

2014年12月25日　第1刷印刷
2015年1月10日　第1刷発行

著者　上橋菜穂子＋荻原規子＋佐藤多佳子

発行者　清水一人
発行所　青土社
東京都千代田区神田神保町1-29　市瀬ビル　〒101-0051
電話　03-3291-9831（編集）　03-3294-7829（営業）
振替　00190-7-192955

印刷所　ディグ（本文）
方英社（カバー・表紙・扉）
製本所　小泉製本

装幀　名久井直子

© Nahoko Uehashi 2015, © Noriko Ogiwara 2015, © Takako Sato 2015
Printed in Japan
ISBN978-4-7917-6836-3